若有所思

巴特尔 著

内蒙古出版集团
内蒙古人民出版社

图书在版编目(CIP)数据

若有所思 / 巴特尔著. -- 呼和浩特 : 内蒙古人民出版社, 2015.6

ISBN 978-7-204-13487-8

Ⅰ. ①若… Ⅱ. ①巴… Ⅲ. ①散文集-中国-当代
Ⅳ. ①I267

中国版本图书馆 CIP 数据核字(2015)第 136399 号

若有所思

作　　者	巴特尔
责任编辑	王世喜
责任校对	李向东
责任印刷	和　平
封面设计	那日苏
出版发行	内蒙古出版集团　内蒙古人民出版社
地　　址	呼和浩特市新城区中山东路 8 号波士名人国际 B 座
印　　刷	内蒙古爱信达教育印务有限责任公司
开　　本	787×1092　1/32
印　　张	8.5
字　　数	160 千
版　　次	2015 年 8 月第一版
印　　次	2015 年 8 月第 1 次印刷
印　　数	1-3000 册
标准书号	ISBN978-7-204-13487-8/I·2632
定　　价	28.00 元

如出现印装质量问题，请与我社联系。
联系电话：(0471)3946230　3946120
网址：http://www.nmgrmcbs.com

目　录 Contents

若有所思

把短语进行到底

——序作家巴特尔新著短语集《若有所思》

■ 张阿泉

这本小书《若有所思》,是作家巴特尔的第八本短语集,仍延续了一贯的“巴特尔式随想”风格,即“不花哨,重内涵,传奇思”。他在两年零七个月的时间里,持之以恒,再次运用为《北方新报》写《所思录》专栏的特殊创作形式,将丰富的人生阅历和心灵思考进行沉淀与提纯,断断续续又为读者蚕吐出了一千多条带有“诗意”和“哲理”特点的锋锐敏捷的短语,结成一帙清芬洋溢、智慧满格的新裁,实在是其创作生涯的喜人斩获。这既是写作者的硕果,又是阅读者的甘饴。

生于一九四一年的巴特尔先生在生理上虽已进入老年,而在创作上却依然旺盛,笔底才情涌动,展示出一种浩淼阔大、静水深流之美,著作数量多,质量亦高,这状态不仅令许多同辈作家艳羡,即便我辈晚生作家也是从内心里极叹服的。他像许多老派文人一样,不用电脑打字,习惯用纸笔抒发,每年的作品产量与用电脑的人相比毫不逊色(我熟悉的流沙河、钟叔河、文洁若、方成诸先生也都如此，远离电脑，坚持手写，这是有趣的“固守传统”现象）。

《若有所思》全书内容共分八个大类（分别是自然、情感、人生、心灵、道德、修养、哲理、精神），这其实只是粗略的划分，八个类别实际上外延交叉、交相为用，难以严格区别，恰如生活本身一样混响和多元。巴特尔先生虽是蒙古族作家，但一直用汉语写作，汉语已成为他的第二母语，在表达的准确与运用的精微方面丝毫不逊于优秀的汉族作家（在席慕蓉、鲍尔吉·原野等蒙古族作家身上，同样看到了这种素质）。对于文学来说，语种从来不是问题，语种背后蕴含的独特思维方式与思想境界才是关键，因为它铸造了语言的灵魂。我想，如果把《若有所思》中的短语准确地译成蒙古语、英语或日语，其神韵依然不会衰减。

回溯巴特尔先生此前数本短语集名，无论是《随想录》《戊子年随想》还是《游思录》《随心所语》，都凸显着“一个人独自在思考”的特点，及至此卷《若有所思》则这一特点就更浓郁。我觉得取“若有所思”这个成语（意为“好像在思考着什么”，描摹静坐沉思的样子）当书题太棒了，简直是神来之笔，形象地点染出巴特尔先生日常在书房中写作的情态，即“凝神定气”“心游万仞”“举重若轻”。

世界上能广为流传的语言都是短语（譬如名句、格言、箴言、警句、名人语录、谚语、台词等等），因为短语往往简单明了、语含机锋，具备高度的准确性与凝练性，能瞬间攫住纷乱世象背后的本质，让不同年龄、不同职业的读者都悟得聪慧。以《若有所思》来看，作为思索型作家，巴特尔先生“极简主义”的短语写作已臻精粹之界，这是长期在实操中不断磨砺、锤炼的结果，一如作家的自述：“人生的经历坎坎坷坷，生命的长河曲曲弯弯，我的哲理随想越写越短，我的诗意随想渐行渐远。”可以预见，擅于“舍长求短”“以少胜多”的巴特尔先生，今后一定会“把短语进行到底”。

这是我第三次有幸为自己由衷敬重的仁厚长者巴特尔先生作序，寒夜灯下细细研读咀嚼《若有所思》的心情，仿佛是围拢着一堆荒野中的篝火取暖。这本小书进一步印证了一个古老的哲学命题，即“我思故我在”。所以，倘若谁有幸得阅此书，我希望您好好静下心来，谦恭地向巴特尔先生学习如何思考，也能耐性地把书中的短语细细品味。而我细细研读咀嚼后的感悟是：思考是最有能量的东西，它比子弹的穿透力还强；一个人活在地球上如果不会思考，麻木度日，就等于没有活过；洞察人生的思考，能让平凡的我们获得足够的质朴与尊严。

是为序。

二〇一四年十二月十七日至十八日
持续写就，二十二日冬至改定。

自然意象

三光日月星：
日是激情，
月是柔情，
星是恋情。

三光日月星：
日是激情，月是柔情，星是恋情。

太阳追着四季，每天独自回家，
月亮和星星，总是与它擦肩而过。

光明是太阳的画境，
夜色是月亮的画韵，
上帝用宇宙作画框。

早晨是旭日，午后是斜阳，傍晚是夕照，
太阳天天如此，灿烂的依旧灿烂，辉煌的永远辉煌。

观大漠孤烟，直如擎天一柱；
赏长河落日，圆似鲜血一滴。

大地在我们的脚下，
阳光在我们的胸间，
蓝天在我们的头顶，
翔鹰在我们的眼前，
风光在我们的身边。

月缺月圆各有期，何况缺月自得其美；
花落花开终有期，所以落花笑对流水。

花落花开四季轮回，一季是一季的景色；
日落日出昼夜交替，一天是一天的风光。

天上有牵牛星，星伴月而增光；
地上有牵牛花，花陪叶而添彩。

山中，晚霞对夕照说：又是一次美妙的孕育；
海上，晨曦对朝晖说：又是一次辉煌的诞生。

缕缕清风和诗情相随，
蒙蒙细雨与画意相融，
灵感则是日月星辰。

最美的画境:即景在景中,如云蒸霞蔚;
最妙的画境,即景在景外,如行云流水。

当微风抚摸垂柳的时候,垂柳才变得轻柔;
当垂柳牵手微风的时候,微风才变得陶醉。

风与沙总是结伴而行,
但不知是风为沙搬家,还是沙与风回家。

风无踪无影,虽无处不在,却不识回家的路。

下雨天,我曾想起雪;
下雪天,我曾梦见雨;
雨和雪,都是云的孩子。

有风有水,风生自然水起;
有风有浪,风高必然浪急。

无痕的是风,无迹的是云,
日月眷恋的则是风云变幻的四季。

春天我们是花，给人以芳香；
夏天我们是树，给人以荫凉；
夜晚我们是灯，给人以光亮。

蓝天的蓝，是蔚蓝；
白云的白，是洁白；
难怪彩虹，总把自己晾晒在蓝天白云间。

恋一场场风，当风刮过，留下的是风情万种；
恋一片片云，当云飘过，留下的是云影幻梦。

春在芳香里，丰满了夏；
夏在浓荫里，成熟了秋；
秋在甜蜜里，陶醉了冬；
冬在沉思里，孕育了春。

初春，一缕微风过后，问候凝在草尖；
盛夏，一阵裸雨过后，追思藏进叶脉；
深秋，一片流云过后，牵挂长成大树；

严冬,一场飞雪过后,喜看梅开二度。

春天把冬天的朴素扮成靓丽,
夏天把春天的靓丽织成锦绣,
秋天把夏天的锦绣染成金黄。

春的柔情,夏的热情,秋的温情,
在冬深情的怀中,保鲜和冷藏。

冬呼啸时,夏沉寂着;
夏繁茂时,冬寂寞着;
只有春和秋,彼此守望着。

七九河开,是春的笑声;
八九雁来,是春的身影;
九九又一九,犁牛遍地走,是春的脚步。

河这边,花开了;
河那边,草绿了;
河水唱着:春天来了,春天来了!

满眼秋色,仁者见仁,智者见智:
诗人曾咏,霜叶红于二月花,那是诗情;
哲人则叹,一叶落知天下秋,那是哲思。

有人说:春天最先是闻到的;
而我说:秋天最后是尝到的。

冬天想阻止春天的脚步,
于是把雨变成雪一场接一场下个不停。

雪的自白:
感谢冬的专情,让我变得纯净;
感恩春的温情,让我变得鲜亮。

海上惊涛,展现的是力之美;
湖中涟漪,呈现的是柔之美。

江河流向大海,是为了寻找广阔;
森林长满山谷,是为了俯仰高深。

小溪的美梦,流进江河后才梦想成真;

江河的大梦,汇入沧海后才梦想成真。

潮涨潮落,是大海的呼吸;
惊涛拍岸,是大海的呐喊。

浪花载歌,是大海心潮起伏的歌吟;
波涛载舞,是大海心潮澎湃的舞动。

江河在狂风中才更澎湃,
湖海在暴雨中才更豪迈,
江河湖海与狂风暴雨互为精彩。

难以改变的是,源头决定江河的流向;
难能可贵的是,江河全部流入了大海。

同样是一滴水:
淌在小溪是欢乐的生命,
流进江河是闪光的生命,
汇入大海是不朽的生命。

滴水,有大海拥抱,所以永不衰老;

滴露,有曙色笼罩,所以满脸堆笑。

悬崖站立着,是山的脊梁;
山涧流淌着,是谷的歌唱。

瀑布说:无论小溪,还是大河,
一旦站起来,便是有脊梁的飞流。

晨雾散尽,朝露滴落,荷塘的梦在曙光中苏醒。

落花有意,那是上苍的清醒;
流水无情,那是岁月的警醒。

大海无眠,大地不语,
这是两种完全不同的生命状态:
前者是拼搏者的形象,
后者是奉献者的榜样。

谁见过根的风景,
花和叶说:我们是它的笑容;
谁见过鱼的眼泪,

江和海说：我们是它的柔情。

树上鸟语声声，声声入耳，使游览的人驻足流连；

园中花香阵阵，阵阵扑鼻，使赏景的人心旷神怡。

花开四季，是花的生机；
叶落深秋，是叶的生息。

我们欣赏繁花似锦：
亲情如果像这样，就是一种美好；
友情如果像这样，就是一种美丽；
爱情如果像这样，就是一种美满。

花谢的时候叶正绿着，叶落的时候果正熟着，
花谢叶落果熟的时候，根却照常充实地活着。

种子，不被掩埋，不接地气，
哪有花的鲜艳、枝的繁茂和果的香甜。

种子说:大地诚实,所以才有我的成长;
果实说:太阳无私,所以才有我的成熟。

果实最大的欣慰:
不是因为曾经是鲜花,而是将成为种子。

所有甜美的果实,都曾经是美丽的鲜花;
所有美丽的鲜花,都曾经是诚实的种子。

我们赞赏硕果累累:
如果生活像这样,就是一种殷实;
如果人生像这样,就是一种丰盛;
如果生命像这样,就是一种富有。

树根深,故可以独秀参天;
草根浅,则并肩铺向天边。

向日葵的自为,是情不自已;
蒲公英的自在,是身不由己。

枫叶,被秋风吻过,满脸羞得通红。

严霜来袭,枝头的枯叶变黄,
只有枫林,用它的美丽和火红把秋珍藏。

白梅绽放枝头,莫不是被雪点燃;
红梅绽放枝头,莫不是被风吹旺。

岭上红梅,暗香是它的画韵;
空谷幽兰,远香是它的诗魂。

雪梅迎风而开,
孤而不傲是它的神韵,骄而不矜是它的气韵。

红梅飞雪迎春,
暗香是花的风情,远香是花的痴情。

茶,未品先觉其香,是心香;
花,未赏已闻其香,是暗香。

远离喧闹,从一座城市转身,
走近草原就是走近清新,

走进森林就是走进清静。

森林的左右还是森林，
大山的前后还是大山，
脚下的路，穿越森林和大山，望尽头远在云端。

飞翔是梦，飞翔是力，飞翔是舞，
这便是一只飞鸟的生机——
它等待春天，等待黎明，等待诗人。

歌唱的鸟在林中，是丛林的四季风情；
飞翔的鸟在天上，是蓝天的道道风景。

如果鸟写童话，最好用歌唱；
如果鸟写自传，最好用飞翔。

长空是鹰的世界，
由于鹰的飞翔，蓝天在我们的视野中才变得高远和辽阔。

鹰的节日是暴风骤雨，

它那暴风雨中的雄姿,在闪电中成为一道壮观的风景。

鹰,非峰岩不立,非长空不飞,
它笑傲风雨,它驮载阳光,所以是天空之王。

蝉在树上鸣叫,是一种自在的悠闲;
鹰在高空飞翔,是一种自为的搏击。

最美丽的飞翔是蝶舞,因为它是在破茧之后。

鸡说:凤有什么了不起;
凤说:鹰有什么了不起……
嫉妒的可悲,怎么会这样!

不管什么鱼,
凡想上岸寻找更大自由的,
其结果都一样:出生入死!

骆驼,被誉为"沙漠之舟",
作为一种象征,诗人为之变得浪漫,哲人为之变得深刻。

在特定语境中，
“牛马”更多的是指一种物相，如“当牛做马”；
“龙虎”更多的是说一种意象，如“生龙活虎”。

叶和花彼此相守，
雨和雪偶尔想伴，
鸟和鱼怎么相恋？

情感体察

最广的爱是博爱，
最真的爱是大爱，
最善的爱是慈爱，
最美的爱是仁爱。

最广的爱是博爱，
最真的爱是大爱，
最善的爱是慈爱，
最美的爱是仁爱。

母亲的美德,使孩子的美梦美成;
母亲的善良,使孩子的善心善存。

崇尚母爱的,多数孩子情商高;
崇尚父爱的,多数孩子智商高。

母子情深,是母亲爱孩子胜过爱自己;
师生情真,是老师爱学生就是爱自己。

生日的特殊含义是什么?

就其外延而言,我以为它还是母亲的受难日,同时更是子女的感恩节。

不是一路人，无论贴得多么紧，也不会有友情；
不进一家门，不管怎样套近乎，也不会是亲情。

真正的友情只有经过时间的检验，才会证明是否实在和纯洁。

一般的朋友，是偶然说起冲动的人；
较好的朋友，是有时见面激动的人；
最好的朋友，最经常想起感动的人。

以缘结友，以信交友，以诚待友，以德识友。

所谓最好的朋友，
就是虽然离得最远却能招之即来的那个人。

择友要慎，择偶要慎之又慎；
交友要诚，交心要诚之又诚。

一般而言，孤单是指身边没有好朋友；
相比而言，孤独是指心里没有真朋友。

身边的朋友越多越好，但有聚有散；
心中的朋友越真越好，故不离不弃。

身边的朋友，是打发无聊的；
心中的朋友，是触发情趣的。

朋友和知己的区别：
朋友是将心比心的人，
知己是以心换心的人。

所以是朋友，那是彼此的缘分；
所以是知己，那是彼此的福分。

如果说朋友是干渴时的甘露，
那么知己就是干涸时的甘泉。

身边的朋友，难求的是知己；
心中的朋友，难得的是知音。

错过了机缘，就可能错失了朋友；

错待了朋友，就可能错失了知己。

知己讲究有度。

不然，蓝颜知己蓝的蓝的就绿了，红颜知己红的红的就紫了。

交一个坏朋友的代价，
是失去众多好朋友，当然更难有知己。

温情的人，敦厚善良，所以良友多；
刁钻的人，尖酸刻薄，所以真情少。

交友不慎，朋友转身就是小人；
认友不清，朋友转身就是仇人。

酒肉朋友靠不住，是因为有一些后来成了职场仇家。

如果是亲情，溺爱就是一种偏颇，实不可取；
如果是友情，嫉恨就是一种偏激，切不可为。

关护他人是友爱，
心怀众生是博爱，
扶助弱小是慈爱。

念旧不过是一种心绪，怀旧不过是一种心迹，
恋旧不只是一种心意，还是心结，更是心境。

心中思念，梦里思念，这是眷恋；
越想忘却，越难忘却，这是怀恋。

思念是一种心灵味觉，有时苦，有时甜，有时苦甜参半；

眷恋是一种灵魂知觉，有时浓，有时淡，有时亦浓亦淡。

红豆生南国，年年岁岁，相思的总会相思；
离离原上草，岁岁年年，相伴的总在相伴。

不避承让，不弃承诺，信守才会兑现；
不忘旧情，不舍旧友，相守才会眷顾。

心与心最近的距离不是拥抱，而是思念和牵挂。

一个人的久久守望，是与另一个人的相念相思；

两颗心的久久守候，是由于两颗心的彼此牵挂。

离别像一味苦药，

思念如一壶香茗，

重逢似一席欢宴。

惜别是还没告别，已在心中许下新的愿景。

缘分，都说是可遇而不可求；

但有心和无心，缘分又可能是一念之间的一念之差。

爱看似有标准，其实经常很难把握准；

爱常说随缘分，其实不少有缘而无分。

一见钟情的倾心,是爱有缘;
日久生情的痴心,是缘有分。

难遇难求的是缘,
相思相恋的是情,
不离不弃的是爱。

爱的美丽,与期许相关;
爱的恒久,与期待相关;
爱的浪漫,与守望相关;
爱的传奇,与守候相关。

花非花,因为梦非梦;
梦非梦,因为情非情;
情非情,因为爱非爱;
爱非爱,因为缘非缘。

爱的思念,是心灵的私语;
情的牵挂,是灵魂的期许。

最理想也最幸福的爱情是:

在第一时间就遇到了那个相守一生的人。

相爱的艺术是:
让爱在彼此的空间自由呼吸和徜徉。

爱的三重奏:
初识时,你留下一句话;
再识时,你留下一颗心;
分别时,你留下一个梦。

爱对情说:我在的时候,我是一切;
情对爱说:我不在的时候,一切是我。

爱,首先是双方的,然后是双向的。
谁能如此,谁就会拥有真正的幸福。

爱,没有完美,
但可以与众不同,而且独一无二。

人生的幸福,有时要用磨难来解释;
爱情的幸福,有的是用痛苦来诠释。

没有痛过，很难说出爱的滋味；
没有伤过，很难说清爱的滋味。

没有水，树就枯了；
没有树，山就老了；
没有情，爱就朽了；
没有爱，心就死了。

天真使初恋一见倾心，
无邪使初恋刻骨铭心。

感情中，最容易受伤的是爱情；
爱情中，受伤害最深的是初恋。

专情是把对一个人的爱尽量延长，而且一定要专一笃定；

多情是把更多的爱与人分享，只要不是故作多情。

真情投入，得到的如果不是真爱，便是尴尬和无奈。

错爱失宠,只要不再错失,其实是把真爱留给了真爱。

失恋并不都是失败,
因为有时爱情是失去了本该失去的,才可能得到应该得到的。

俗人因为失去爱更显俗气,
志者因为舍弃爱更长志气。

爱而未果,当下心里会不甘;
被爱无果,日后心里会遗憾。

不被爱还只是不幸,没有爱则是大不幸。

有人说:爱比被爱幸福;
我说:被爱比不爱幸运。

爱会触电,被爱需要充电,

既无爱也不被爱，肯定断电。

因为被爱，我们懂得了如何珍重；
因为相爱，我们懂得了如何珍惜。

真情难得，一定要献给有情的人；
真爱难求，一定要献给懂爱的人。

人间自有真情在：
友情真才珍贵，
亲情真才美好，
爱情真才甜蜜。

爱情的要诀是：把爱与被爱的人共享；
幸福的要诀是：把幸福与不幸的人分享。

友谊的下一站，未必是爱情；
爱情的下一站，最好是婚姻。

甜美的爱情，使有的人成为诗人；
不幸的婚姻，使有的人成为哲人。

爱情是相拥的两颗心，
婚姻是相守的一个家。

爱情受感性差使，
婚姻靠理性把舵。

爱情离不开艺术的营造，
婚姻必须懂经营的艺术。

爱情失败的原因之一，有时是因为缺乏勇气；
婚姻失败的原因之一，有时是因为缺少智慧。

甜美的爱情，是把感受演化为享受；
不幸的婚姻，是把接受转化为承受。

不懂家的男人，爱情不会完满；
不懂爱的女人，婚姻不会美满。

经营婚姻的艺术之一：
男人学会装聋，女人学会作哑；

无论男人女人，共同学会睁一只眼闭一只眼。

在不同的婚姻关系中，
和平共处是一种境况，
和睦相处是一种境界。

幸福的家庭，丈夫的背后是妻子；
美满的家庭，妻子的身边是孩子。

男人的理智多在理性中笃定，
女人的感知多在感性中萌生。

女人的最大欣慰，是被她喜欢的男人欣赏；
女人最大的欣喜，是被喜欢她的男人赞赏。

男人有男人的创造，为时代传承文明；
女人有女人的创见，为社会引领时尚。

男人欣赏女人的感觉，似心花绽放；
女人欣赏男人的感觉，如心香四溢。

不论男女，只要一个心动的同时另一个心跳，或者一个含羞的同时另一个含情，心灵都会随时擦出爱的火花。

男人和女人的区别之一：
有事业的男人才是成功的男人，
有爱心的女人才是美丽的女人。

男人和女人相比：
前者更期待他人的仰慕，
后者更钟情他人的倾慕。

男人看重女人的是失宠时的自爱，
女人看重男人的是失意时的自尊。

女人的风情源自于风韵，
男人的气度源自于气质。

男人多忧虑，女人多忧郁，
故前者容易伤神，后者容易烦心。

有的男人自尊,为了爱,所以怕穷;
有的女人自恋,为了爱,所以怕老。

纯真使女人羞涩,
羞涩使女人美丽。

人生况味

在人生漫漫征途上：
跋山涉水的是志者，
赴汤蹈火的是勇士，
出生入死的是英雄。

在人生漫漫征途上:
跋山涉水的是志者,
赴汤蹈火的是勇士,
出生入死的是英雄。

用精神站着,用思想走着,用爱活着——
还有比这精彩的人生吗!

华彩人生:不是精品,就是珍品;
精彩人生:既是极品,亦是藏品。

微笑是心灵的滋润,
汗水是人生的滋味,
鲜血是生命的滋养。

领悟人生的美好:
有的人单凭直觉,

有的人多靠知觉，
有的人则完全是心灵的觉觉。

童年的幸福是快乐，
晚年的幸福是健康，
终生的幸福是平安——
快乐、健康、平安，是人生的吉祥三宝。

看得准，行得正，走得远，一定会有无愧的人生；

不言苦，不言累，不言弃，一定会有无悔的人生。

没有苦痛，人生还有滋味吗；
没有苦难，人生还会精彩吗！

露水人生，多么美妙的比喻——
无尘无染，虽短暂却晶莹。

既然没有完美，那就没有无憾的人生；
既然可以完善，那就会有无愧的人生。

人生,不要害怕受伤:
有些伤痛,可以让人刻骨铭心;
有些伤悲,照样让人荡气回肠。

再坚强也有脆弱的时候,
再充实也有孤寂的时候,
再幸福也有痛苦的时候,
再成功也有失败的时候……
人生,话不说过,事不做绝,
才是真正的聪慧和觉悟。

人生,姓什么不重要,叫什么更无所谓,
重要的是说了什么,有所谓的是做过什么。

人生的危险,有时明明知道是蛮干还去冒险;
生存的危机,有时明明知道是胡来还要投机。

有时以曲求伸是人生的智慧,
有时曲径通幽是生存的妙境。

人生际遇,大同小异:
风景在路上,风光在前方,风物在心中。

面对人生中的诸多难题,
奇人和高人都会从容应对:
前者常有奇招,后者自有高招。

人生之大计,既要善始,更要慎终;
事业之大计,既要耕耘,更要收获。

漫漫人生路,
谁都难免错几步,但关键的几步不能错。

人生苦短,
有许多美好和精彩,却只在片刻和瞬间,
所以要懂得倍加珍惜。

人生,不能只知如何计算苦乐得失才不失算;
生命,更要懂得怎样换算成败生死才最合算。

人生是一本无字天书,

阅历少的人难有真知灼见,
历练少的人难得见微知著。

人生难免受到冷遇,这时只要不心灰意冷,就可能蓄积和凝聚更大的热情和力量。

大吵的会失声,大闹的会失态。
所以,人生有时要保持真实,就必须心平气和。

面对输赢,正确的人生态度是:
能常想到输的,赢的几率才会更大。

人生,就一般而言,活着容易,活好不易,而能不能活出精彩对少数人却各有各的活法。

人生,所有人的成长,多数人的成才,一般都离不开两种人的扶助——或名师的指导,或高人的点拨。

伤会悲,但只要不是伤者自伤,悲者自悲;
痛会苦,但只要不是痛者自痛,苦者自苦;

这些都会成为人生历练后的积淀和财富。

正常的人生,有时会哭,有时会笑;

尴尬的人生,要么是哭笑不得,要么是啼笑皆非。

人生三忌:

因为后悔,所以忏悔;

因为烦恼,所以懊恼;

因为负疚,所以愧疚。

向左是天堂,向右是地狱;

人生得失成败,有时就在此或仅此一步。

固执己见的人,会偏离人生的目标;

自命不凡的人,会错离人生的坐标。

有人醉生,岂不枉此人生;

有人梦死,岂不冤此一生。

财富人生令人羡慕,精彩人生令人向往;

前者更多的是说物质,后者更多的是指精神。

奢华的人生,要懂得节制自己;
奢侈的人生,要懂得克制自己;
奢靡的人生,要懂得遏制自己。

不断奉献,人生便会不断增值;
一再索取,人生只会一再贬值。

人生,有一种可悲是:
路走过许多,最后却忘了回家的那条。

人生有忌:
忌与酒鬼同流,
忌与赌徒为友,
忌与小人结仇。

只有活得清清白白,人生才会无忧无虑;
只有活得堂堂正正,人生才会无怨无悔。

气息,是生命的呼吸。

所以,人的生命要有意义,就要多争气,尽量少叹息。

生命是诚实的,想要真正体验,
有时不得不站在生命之上;
生命是宝贵的,想要真正领悟,
有时又难得醒在生命之外。

三十岁的生命,要靠才智滋养;
四十岁的生命,要靠明智修养;
五十岁的生命,要靠睿智涵养;
六十岁的生命,要靠理智颐养。

珍重生命,难得的是:

当你还不懂珍惜自己时,却早已被他人所珍爱。

珍惜生命的邂逅,就是结缘;
珍重生命的守望,就是深情;
珍爱生命的当下,就是乐活。

人类离不开阳光,它是永恒的生命;
生命离不开空气,它是瞬间的生命。

泊淡是生命之美,宁静是心灵之美。

故“淡泊以明志,宁静以致远”成为千古至理名言。

泪水和汗水滋味都是咸的,它们所不同的是:
前者滋润心灵,后者滋养生命。

肉里扎不得刺,眼里揉不得沙,
所以真实的生命,既不能亵渎,更不该掺假。

容易懦弱的是性情,
偶尔薄弱的是意志,
不该脆弱的是生命。

当个性各是各的特质时,
生命才会真正活出精彩。

凡有生命的事物,

首先要有生机，而且要生机盎然，这样才会感人；

然后要有生气，而且要生气勃勃，这样才会动人。

书画家说：艺术是留白的哲学；

哲学家说：生命是留白的艺术。

有些世事当我们年轻时无法懂得，

而当我们真正懂得时又不再年轻，

这是生命的一个悖论，也是生命的一种遗憾。

生命的悲情之一：

由于好坏不分，好人受害于自己的好心，而坏人却到最后也未被戳穿和识破。

成长是渐渐成熟的必然，

衰变是慢慢衰老的本然。

所以，生命既要顺其自然，又要然其自然。

面对生死，大家是平等的，

而不等值的是各自的人生,
它包括生命的长度、宽度和厚度等等。

是真解脱,觉悟生死者;
忘却物我者,得真自在。

梦想,是人生的色彩;
美梦成真,是生命的精彩。

人生的风景在旅途,
生命的风光在征途。

有些风景在山中,有些风光在海上,
人生的美好风景和生命的无限风光永远在跋涉的路上。

人生难免有风有雨,而彩虹总在风雨后;
生活总是有苦有甜,而苦尽甘来才是福。

有为是人生入世的境况,所以才因追求而乐观;

无为是生命出世的境界，所以才因释怀而达观。

艰难中能跋山涉水的，是人生追求的坚韧；
危难时敢赴汤蹈火的，是生命奉献的壮烈。

赞美英雄，是人生前进路上的一种感召；
崇拜英雄，是生命成长路上的一种追寻。

人生最大的自信，是对怀疑的释疑；
生命最大的笃信，是对嫌疑的不疑。

人生的优点之一，是能够懂得珍惜生命中的缺憾。

人生最大的欣慰，是对人类已做出的奉献；
生命更大的抚慰，是对人类将做出的贡献。

人生，总是依附不会出彩；
生命，一味依赖不会精彩。

说人生悲哀，莫过当下的苟且；
为生命添彩，难得思想的远行。

人生，有时转身就是走回头路，
所以，只有一往无前才能前程远大；
生命，一旦止步就会半途而废，
所以，只有勇往直前才会前途光明。

酸甜苦辣咸五味杂陈，是有味的人生；
赤橙黄绿青蓝紫七彩纷呈，是多彩的生命。

成长，是人生的快步向前；
成熟，是生命的跨越提升。

真和爱是生命的双翼，人生由此而展翅高翔。

美丽的人生，首先是做好自己；
美好的生命，是同时有益于他人和社会。

人生所以要有勇气，是当泄气时用来为自己鼓气的；

生命所以要有冲劲,是当泄劲时用来为自己鼓劲的。

生命与生命有时对视,是为了从中发现彼此的精彩;

人生与人生有时对话,是为了从中领悟彼此的智慧。

生命,从昨天走来,又向明天走去,
但必须清醒的是:原来人生永远只活在当下。

生命,一旦面对真诚时,无不动情;
人生,一旦面对坦诚时,无不动容。

岁月匆匆,但只要脚步从容,
生命就会释然,人生就会淡定。

人生,有一种坚信是坚定,有一种坚定是坚强;
生命,有一种坚强是坚韧,有一种坚韧是坚贞。

人生,痛有时会痛心疾首,苦有时会苦不堪言,但只有当痛苦不再苦痛时，才是生命卓绝的成长。

人生所以美好，是因为有平常的心态；
生命所以美好，是因为有知足的心境。

决定你人品气量的，是心胸的度量；
决定你人生弧度的，是生命的跨度。

人生的平庸，是由于不断地重复自己；
生命的惊喜，是在于不断地改变自己。

自尊、自爱、自信，使人生在追求的路上一往无前；
自轻、自贱、自卑，让生命在成长的路上一败涂地。

人生，身心在俗事之中，故应以入世的心态处事；
生命，心灵在世俗之中，故应以出世的心境悟世。

人生中不怕有困境,怕的是对境况困惑的人;
生命中不怕有绝境,怕的是对境遇绝望的人。

人生,因为曾经离散,所以才珍视相聚和快乐;
生命,由于曾经离弃,所以才珍惜团圆和幸福。

生命是树时,就做棵大树,棵棵大树有荫凉;
人生是花时,就做朵鲜花,朵朵鲜花飘清香。

贪玩,一旦成了童年的奢侈,童趣便不会真正有快乐;

贪婪,一旦成了人生的奢靡,生命便不会真正有幸福。

生命里,能够超越想象的是奇才;
人生中,能够创造奇迹的是天才。

生命,寂寞有时令人敬佩,是因为沉思是它的心契;

人生,孤独有时令人敬畏,是因为思索是它的心迹。

生命难免孤独，人生有时孤立，

但强者置身其中，最终学会特立独行。

生命没有完美，故对与错，怕什么争议；

人生可以完善，故是与非，要审慎面对。

每个人都拥有生命，但并不是都懂得珍惜；

每个人都享有人生，但并不是都懂得珍重。

为读懂一个人的品性，就要用敏锐的心灵领悟其生命；

想欣赏一个人的魅力，就要用敏感的灵魂观照其人生。

生命，每一种创伤，都是一种磨炼；

人生，每一次创伤，都是一次历练。

人生的得失难说多少，各人有各人的认知；

生活的苦乐难说好坏，各人有各人的判别。

想象伴我随性思考,这是生活的多彩;
思想伴我随处远行,这是生命的承载。

如果快乐,不宜一饮而尽,这样生活才有滋有味;
如果痛苦,不妨细细咀嚼,这样人生才滋味无穷。

人生没有目标和目标太多都不可取;
前者表现得无为,后者则可能难为。

一成不变的只是生存,
以变应变的才是生活,
而真正的人生又必须万变不离其宗。

生活的滋味如何,我们有时不能太讲究;
人生的品位怎样,我们有时不得不讲究。

能为无愧无悔的人生而生,谁不乐生;
能为有滋有味的生活而活,谁不乐活。

感动使多数人的人生变得感性，
理智使多数人的生活变得理性。

只有热爱生活的人，才会得到生活的呵护；
只有珍惜生命的人，才会赢得生命的眷顾。

工作中总端着架子的人，生活里很难把自己的姿态放低。

生活需要经营，而事实是：
有的人为了生存而手忙脚乱，是不懂经营；
有的人为了生计而眼花缭乱，是不善经营。

生活是一本毛边书，裁读才会更有味道。

生活和生存的关系：
生命，生存本身就是活着，所以活着就好；
人生，生活本身就是存在，但要好好活着。

自我、忘我和无我，

不仅是人生的三种境况，
它更是生命的三种境界。

生活、人生、生命三者休戚相关：
生活是要用人生追求创造的，
人生是要用生命色彩书写的，
生命是要用生活经验总结和人生智慧思考的。

人生如戏，但有两点忌讳：
一是生活决非闹剧，
二是生命不能儿戏。

生命破费不得，
人生耗费不起。
所以，只有热爱生活，
才是对生命的珍重和对人生的珍惜。

没有趣味的生活无趣，
没有滋味的人生乏味，
没有风韵的生命无趣而乏味。

生命不能没有痛,生活不能没有苦。

否则,人生就很难与快乐结缘,更难与幸福相伴。

只有生活里充满阳光,漫漫人生路上才会风雨无阻;

只要生命里充满朝气,漫漫人生路上就会风光无限。

对生命多一些比对,人生就会少一些盲目;

对人生多一些反观,生活就会少一些盲从。

在一次次得到的同时也一点点失去,

生命,直到最后一无所有。

只有那些能把得失看开、看清、看透的人,

才会有真正无怨、无悔、无愧的人生。

人生,快快成长,越快越好;

生命,慢慢变老,越慢越好;

生活,有快有慢,快慢都好。

人生不能垫支，
生命不该透支，
生活拒绝预支。

有的人曾经呐喊，
有的人曾经彷徨，
但所有人最难舍和难忘的还是朝花夕拾。

长大成人，其真正完整的意思应该是：
一需成长，二要成熟，三得成功。

童心不泯，是人生最初的妙趣；
青春无悔，是生命曾经的美好。

花在春雨中飘落，诗人感到青春的易逝，所以咏叹：青春万岁！

叶在秋风中零落，哲人感到生命的短暂，所以感慨：生命宝贵！

如果说青春是专门挥洒的，
如果说人生始终是挥舞的，

生命就绝对不会是挥霍的。

青春是一片沃土：
如果不播种，人生就会苍凉；
如果没收获，生命就会苍白。

青春美好而短暂，即使是它的尾巴，
也要紧紧抓住，给自己多留一些难忘的回忆。

生命的一大遗憾：
当与青春邂逅，
还没来得及燃烧，还没等扬帆……
便匆匆擦肩而过。

面对青春的美好，有的羡慕，
那是感悟对生命的珍惜；
面对青春的逝去，有的嫉妒，
那是感知对生命的痛惜。

青春一时转身，还可以用青春唤回青春；
生命一世无为，则无法用生命挽回生命。

时光荏苒,怕得是无聊;
岁月无情,怕得是无奈;
生命宝贵,怕得是无为。

青春,只有成为燃烧的火焰,
生命才不会长出皱纹,
当然更不会白发苍苍。

青春无怨无悔,足矣;
生命有声有色,幸哉!

季节最美的是春天,
时光最美的是早晨,
生命最美的是青春。

对年轻人最重要的三个词是理想、青春、奋斗,
对老年人最重要的三个词是快乐、健康、平安。
前者是年轻人事业的金字塔,
后者是老年人幸福的比萨斜塔。

年轻人的幸事是事业有成,这是大道理;

老年人的幸福是福寿安康,这是硬道理。

人怕老,更怕老朽,所以老来俏没什么不好!

渐老比衰老幸运,更比未老先衰值得庆幸。

长大的正在长大,成熟的已然成熟,变老的终将变老——

所以既懂得顺其自然,又能够然其自然,

才会事事豁达和天天开心。

"人老心不老",既是心智的健全,也是身体的健康。

人生原本有更多的可能性和可塑性,

只是由于有的根本不知道,有的从来没去想,有的干脆不敢为,

结果机遇一再擦肩而过。

作为一种境遇,逆境对生而言,

既是严格考验,也是特殊教育。

有准备,才能抓住机遇;
敢担当,才能不负重托。

幸运来得有早有晚,这是无法掌控的宿命,
但只要能停留得时间长一些,光顾的机会多一些,也是一种有幸。

命运给你几分不幸,同时会回馈你几分幸运。
所以,面对不幸时,我们要能够镇定;
相反,面对幸运时,我们要能够淡定。

忍耐只是一种抗争,
而要征服命运还得做到:
既要有勇气,更要有智慧。

面对命运的挑战和考验,
愚者和智者的截然不同:
前者左右为难,一筹莫展;
后者左右逢源,运筹帷幄。

认真的人不怕与运气较真，
较真的人专门与命运较劲。

忍耐抗争命运，
顽强挑战命运，
果敢战胜命运，
智慧改变命运。

机遇偏爱未卜先知的人，
机会留给知难而进的人，
机缘等候乐天知命的人。

抓住机遇时不要放手，
面对机遇时不要放过，
没有机遇时不要放弃。

机缘，一时错过不足惜；
机遇，一再错失才是痛。

在命运面前，千万别耍小聪明，不然就可能闹出大玩笑。

命运对人的捉弄和惩戒,无过于自掘坟墓而不自知。

不想失去,偏偏又失去,这是不幸与幸运的抗争;

越想得到,越是得不到,这是有幸与不幸的抗衡。

与幸运一同前行的人,要谨防前后左右可能潜在的不幸。

人生最有幸的是:
机遇与你邂逅,
追求与你相伴,
成功与你相拥。

厄运有如魔杖:
使懦弱的人变得更加懦弱,
把坚强的人变得更加坚强。

有许多时候，幸运喜欢光顾有缘的人，
这其中多为勇者，当然更有智者。

生命，奢望对有幸的人是一种不幸；
人生，绝望对不幸的人是更大的不幸。

人才的成长，更多需要的是时间；
人才的成功，还得有必要的空间。

人生所以精彩，就是在时空坐标上找到了它的最佳定位。

珍惜时间的箴言：每天都是生命的当下；
延长生命的要诀：惜日、惜时、惜分、惜秒。

人生苦短，所以要惜时、惜分、惜秒；
事业艰难，所以要苦干、实干、巧干。

时间的微妙和趣味在于：
就本身而言，它既是瞬间，又是永恒；
就对人而言，它既有奖赏，也有惩罚。

对时间既宝贵又无情的深刻理解:
每一秒钟都有生老病死同时发生。

时间宝贵,稍纵即逝——
五十岁的人说:时间过得真快;
六十岁的人说:时间过得太快;
七十岁的人说:时间过得飞快!

时时向上,日日是好日;
天天向上,月月是好月;
日新月异,年年是好年。

只知昨天而不想明天,或者只想明天而忘了昨天,虽然都是不幸,但真正和更大的不幸,是当下无所事事、无所适从、无所作为。

一再失去今天的人,就是曾经失去昨天和正在失去明天的人。

过去已过去,难忘又怎样;

未来还未来，憧憬能怎样；
现在现正在，当下即道场。

既然过去的已逝去，为什么总惋惜；
既然未来的还没来，为什么要空喜；
最实际也最实惠的只有当下，所以既不能坐待，更不该放弃。

今生是此生，每过一日是一日；
来生是枉生，谁知哪年是哪年。

一个最幸福的人，就是拥有每一天和每一个“当下”的人。

只有真正懂得珍惜当下的人，才会使每一天都变得无比珍贵。

伤口是一时忘不掉的记忆，
伤疤是永远抹不掉的回忆。

回忆，有浓有淡；

记忆,有续有断;
遗忘,有真有幻。

回忆让我们拥有,
思念让我们享有,
思索让我们富有。

当老掉的是豁牙时,可惜的是说话不再挡风;
当老去的是白发时,可贵的是思想依然年轻。

当一个人前后左右都是回忆时,梦中难再有幻想和憧憬。

忏悔不会改变“曾经”,
悔悟可以改善“未来”。

记忆再美好,到最后都是:
一部分被回忆珍藏,
一部分被遗忘流放。

回忆是封存的记忆:

记忆越多的越是富有，
回忆越久的越是幸福。

心灵境界

有的人伟大，
是因为有高尚的心灵；
有的人不朽，
是因为有高贵的灵魂。

有的人伟大,是因为有高尚的心灵;
有的人不朽,是因为有高贵的灵魂。

心灵的崇拜,是对崇拜者的崇敬;
灵魂的敬仰,是对敬仰者的景仰。

有为,是根植心灵的有志;
无私,是直抵灵魂的无欲。

好话好说,是心灵的涵养;
善言善听,是灵魂的馨香。

有时面对残酷,可以使脆弱的灵魂坚强起来;
有时面对冷酷,可以使沉迷的灵魂苏醒过来。

有时我们所以前行在别人盲从的阴影里,那是由于迷失了自己心路的方向。

认识事物,既要用眼睛,还得用心灵,
前者谓之观察,后者则是洞察。

好心是什么?用心真而诚,诚而善;
爱心是什么?用心善而仁,仁而亲。

寄爱于情,融情于恩,感恩于心,
心中便贮满阳光,溢满芳香,充满温馨。

只要心灵没长皱纹,就会坦然面对镜中不再年轻的自己。

笑颜,是心灵绽放的花朵;
笑容,是心灵散发的芳香。

安放在心里的,才会长久;
收藏在心里的,才会难忘。

能把人笑出声的,那是开心;
能把人笑出泪的,那是醉心。

当自爱转为自尊,是心灵的坚贞;
当自卑转为自贱,是心智的懦弱。

最易显示一个人性格的,是心情的喜怒;
最能彰显一个人品格的,是心性的好恶。

有的人性格开朗,是因为生性乐观;
有的人性情豁达,是因为心性宽容。

不论长短,方可心平;
不说是非,方可气和;
不计得失,方可自在;
不念功过,方可从容。

人能心气平,心胸自宽;
人能心胸宽,心绪自宁;
人能心绪宁,心境自适。

心见真者则善,心存善者则美;
心怀诚者则信,心守信者则仁。

人心唯真,心地才是向善的;
人心向善,心灵才是美好的。

将心比心,心存的是一份真情;
以心换心,心怀的是一份善意。

将心比心是:
能以责人之心责己,
愿以宽己之心宽人,
而决不以小人之心度君子之腹。

以公心对私心,心则安;
以良心对昧心,心则平;
以真心对违心,心则诚。

正气随心,可拒邪念于千里之外;
善意随心,可拒恶念于千里之外。

心所以明,是因为眼亮;
心所以平,是因为气和;

心所以安，是因为理得；

心所以悦，是因为诚服。

心气强的人说：在哪里跌倒，就在哪里爬起来；

心志高的人说：在哪里爬起，就从哪里继续前行。

志气大当然好，但志向远更重要；

心气高当然好，但心态平更重要。

寒冬，雪花飞舞在空中，梅花绽放在枝头，心花则发芽在梦里。

以理晓人，人心服之；

以情动人，人心悦之；

以智启人，人心悟之。

“以苦为乐”的人，是自觉于心；

“以空为境”的人，是自悟于心。

心净澄澈的境界：

于人，错能不责怪，非能不责难；
于己，对能不恣意，是能不得意。

心态，影响生存的态度；
心境，改变生活的境遇。

由于人的心境不同，所以其心态的格调也有所不同：

有的低调、有的高调、有的跑调、有的干脆没调……

轻松是说心情的，越放松越好；
轻闲是说心绪的，越休闲越好；
轻灵是说心境的，越空灵越好。

笃定的心境，相伴在志存高远的追求中；
淡定的境界，相随在励精图治的拼搏后。

宠辱不惊，处之以泰然，方可心态平和；
得失不计，处之以淡然，方可心境随和。

不发过激的火，心绪就会平顺；
不说过头的话，心境自然和畅。

胜败乃兵家常事，而面对胜败所表现出的心态才是关键。

由衷的微笑，是心情的自然表露；
牵强的微笑，是心性的尴尬表演。

无能和无为勾兑出的心境是无奈，
无味和无趣勾兑出的心绪是无聊。

心智沉迷，则会执迷不悟；
心智澄明，方可大智若愚。

由于心境不同，心思太重的人，很难听到自己的心声；

由于心态不同，心机太多的人，很难付出自己的真情。

心态不好，纠结久了，使心神不安；

心情不好,郁结久了,使心绪不宁。

温柔的心绪缠绵,
优柔的情绪纠结,
阴柔的愁绪郁闷。

寂静,是四处听不到一点声音;
沉静,是可以听到自己的心跳。

丝竹乱耳的,不再专注;
眼花缭乱的,难再专情;
胡言乱语的,不再专诚;
胡思乱想的,难再专心。

小心眼不该,所以心胸要宽;
死心眼不好,所以心思要巧;
玩心眼不对,所以心术要正。

事实有时被混淆,黑白有时被颠倒,
但只要我们的心不被蒙骗,眼不被蒙蔽,
就会做到心明眼亮。

笑口常开的人,心里贮满阳光;
愁眉苦脸的人,眼前布满阴霾。

当心絮乱得无思,当心思乱得无语,便是心灵的一种空虚。

有时当一个人哭笑不得时,那一定是由于处境的尴尬;
有时当一个人啼笑皆非时,那一定是由于心境的无奈。

恐惧,最可怕的还不是来自他人的恐吓,而是自己内心的恐怖。

假相有时蒙蔽的好像是眼睛,其实蒙骗的都是心灵。

淡泊明志,何来的愁绪;
宁静致远,何来的烦心。

心胸狭隘，心气浮躁，心情必多烦恼；
心襟宽广，心态平和，心情怎会懊恼。

心胸开阔的人，可包容万物；
性情开朗的人，可除却千烦。

困不自扰，扰不自乱，心情便不会太糟；
烦不自恼，恼不自怒，心境便不会太糙。

有的气，是与他人争斗出来的，所以要学会和气；
有些烦，是由自己心造出来的，所以要学会耐烦。

苦恼想得开，就不会变成烦恼；
烦恼放得下，就不会变成懊恼。

烦恼告诉我们，心安为乐；
快乐告诉我们，心悦为福。

烦恼而不能自消，容易使心智沉迷；

痛苦而不能自拔,必然使心智沉寂。

痛苦难免,但不能痛不欲生;
烦恼难除,但不要恼羞成怒。

烦恼和苦恼有程度之别:
前者可能因此而心乱,
后者可能因此而心痛。

伤疤所以比伤口大,这是愈合的代价——
它既是体肤的伤痕,又有身心的伤痛。

无奈到无以为计时,便是寂寞至极;
无聊到无话可说时,便是孤独至极。

真正的寂寞是在喧嚣之后,
最大的孤独是在躁动之中。

当孤独和寂寞在远处彼此守望时,孤寂便是它们的距离和视野。

人在孤独时，只要寂寞能与之共度，便不会觉得无辜；

人在寂寞时，只要孤独能为其守护，便不会感到无助。

当孤独同时是一种自省时，便不再寂寞；

当寂寞同时是一种自悟时，便不再孤独。

承受寂寞和享受寂寞，是完全不同的两种心境；

忍受孤独和享受孤独，是完全不同的两种心态。

道德审视

褒贬他人难免，
但用心要有善意；
褒奖他人难得，
但用心要讲诚意。

褒贬他人难免,但用心要有善意;
褒奖他人难得,但用心要讲诚意。

穷极的,有的仇富;
丑极的,多数妒美;
恶极的,必然咒善。

最愚蠢的是:
被一再欺骗后,
仍相信假是真的,恶是善的,丑是美的。

谦恭当然好,但切忌盲目,不然会被虚伪玩弄;
虔诚更可佳,但谨防盲从,不然会被虚假愚弄。

自以为是,是一种可笑;
以是为非,是一种可悲;
混淆是非,是一种可憎。

要谦恭，但不该盲目，不然会被虚伪玩弄；
要虔诚，但不能盲从，不然会被虚假愚弄。

致谢，如果真诚，是发自内心；
致歉，如果虚伪，是别有用心。

面对真诚，谁不动容；
面对坦诚，谁不动心；
面对虔诚，谁不动情。

如果老实人总是吃亏，老好人总能卖乖，
那么率真的人就会越来越少。

打人不打脸，打脸的太没有人性；
骂人不骂娘，骂娘的太不懂人情。

以真诚待人，才能得到真情；
以真心待人，才能听到真话。

真正的诚信，能使站在身边的人也自信，

只要不是为自信而自信,而是因诚信而诚信。

用热情,用激情,一定会赢得真情;
用大爱,用博爱,一定会赢得真爱。

真自信,无须作声,就像月亮没人怀疑会失明;
真诚信,无须证明,就像太阳没人怀疑会沉沦。

真诚中见性的,是真性情;
患难中交友的,是真友情。

当忠言逆耳是忠诚时,忠诚是良心;
当苦口婆心是苦心时,苦心是良知。

用童颜传递真诚,用笑颜表达美好;
用情怀坦诚理解,用胸怀豁达包容。

不胡言,更不妄为,踏实本分就好;
不听谣,更不信邪,诚实安分就好。

只有比他人更谦虚,才会结缘良师;

只有比他人更真诚，才会结交益友。

只有自然的笑容，才美丽动人；
只有自觉的赞美，才真诚感人。

美有美的韵味，所以肯定耐人寻味；
丑有丑的意味，所以有时令人玩味。

自然的美才是真美，因为无需雕饰；
自觉的善才是真善，因为不求回报。

如果思想是一片沃土，
如果心灵是一片净土，
真的种子便会随时发芽，
善的鲜花便会四处绽放，
美的果实便会长久贮藏。

真不真，视其所求；
善不善，视其所向；
美不美，视其所归。

多一分真,便少一分假;
多一分善,便少一分恶;
多一分美,便少一分丑;
多一分爱,便少一分恨。

羡慕一个人,千万不要因为自己虚荣;
嫉妒一个人,千万不可由于自己无能。

羡慕过了,向前一步是嫉妒;
嫉妒过了,再向前一步是恨。

一般的嫉妒,是不屑朋友的声名鹊起;
扭曲的嫉妒,是不甘对手的名声显赫。

猜妒于人,很难前行;
仇妒于人,自绝前程。

抱怨容易记仇,报复一定生恨;
仇和恨是两粒罪孽的种子。

君子当知感恩,更知报恩,自是怀恩之人;

小人难有见识,更无胆识,自是不识之士。

忘恩负义的是小人,离得越远越好;
感恩戴德的是君子,靠得越近越好。

小床做大梦,因为躺着的是君子;
大床做噩梦,因为睡着的是小人。

小人难有良朋,君子不乏知己;
故良朋不嫌多,知己一二足矣。

善结缘的,身边不乏良朋;
总结怨的,一路都是小人。

君子谋利,是谋众生之利,故福报好;
小人逐利,是逐一己之利,故名声坏。

谚云:人以群分,物以类聚。
故君子和小人决不会同道,
就像蜜蜂和苍蝇从不为伍。

见名利就上，是小人的行径；
有风险共担，是君子的胸襟。

真小人里没有君子，
伪君子中不乏小人。

君子甘愿成人之美，美名自然名至实归；
小人惯于乘人之危，危言当然言不由衷。

君子和君子有时争论，那是在沟通；
小人与小人经常争吵，那是为取宠。

君子与君子争辩，理越辩越明；
小人与小人争吵，话越吵越粗。

有一说一，是真君子；
说一不二，是大丈夫。
做人能如此，做事也一定会大有可为。

与心地善良的人为友，可以同甘苦；
与品德高尚的人为朋，可以共患难。

无端地被猜疑,是一种羞辱;
无端地被质疑,是一种屈辱。

喜形于色,是小人的肤浅;
喜怒无常,是小人的浮躁。

小人没有大量,所以难成大事;
小人没有大志,所以难成大器。

小人只知乘人之危,往往忘了同时也会授人以柄。

俗人喜吹牛皮,谁知一吹就破;
小人爱拍马屁,谁知一拍准歪。

小人也有得意之时,但那只是偶尔;
歪打也有正着之时,但那只是误撞。

以牙还牙是专对小人的,
以恶惩恶是专对坏人的。

对小人的姑息迁就,无异于对君子的恶意刁难。

痴人爱说梦话,
愚人总说傻话,
小人常说瞎话。

古语云:女子无才便是德,早已过时;
俗话说:小人有才更缺德,永不过时。

小人工于心计,可能一时得手;
君子巧于心智,才会一再得悟。

贤者光明磊落,作为一种品质,它拒绝心机;
仁者诚信笃实,作为一种品格,它远离心计。

心机在愚者面前,可能一时得逞;
心计在智者面前,总是一筹莫展。

小人心事重,故与快乐无缘;

小人心机多,故与幸福绝缘。

企图用心计算人的,失算的时候多;
妄图用心机悦人的,失落的时候多。

做人要讲究厚道。
不然,谋算别人多了,必遭唾骂;
否则,谋算别人久了,必遭唾弃。

藏拙者工于心计,
取巧者长于心术。

心机可能帮你度过一时的难关,
心智可以与你走向最终的成功。

同样是财富,智者拥有它,愚者却被拥有。
二者的根本区别在于:
前者是财富的主宰,
后者是财富的奴仆。

为富不廉,是败德;

为富不仁,是缺德;
为富不孝,是失德。

财迷转向的,越转越迷,这是贪财者的执迷不悟;
鬼迷心窍的,越迷越鬼,这是贪心者的执迷不悟。

发了还想发,不知足难免自寻烦恼;
富了还要富,没有度肯定自食苦果。

真正的贫穷是:
当没有钱之后,便什么也没有了的那种。

贫而不贱,有志才会有为;
得而不舍,拥有难说富有。

有些富足,是因为懂得知足;
有的富有,不一定真的拥有。

吃亏是福,福至心安;

和气生财，财散人聚。

温饱不是奢望，
小康不能奢侈，
富裕不该奢靡。

财富是一柄魔杖，专门鞭笞那些贪婪的人。

发大财有没有最快、最省事的办法，其实这是一个最傻、最弱智的想法。

钱有时让人虚伪，权有时让人势利；
钱权一旦交易，虚伪的变得虚情假意，势利的变得见利忘义。

恃才傲物者，不可相师；
财迷心窍者，不可结友。

缺钱的时候考验人的尊卑，
钱多的时候检验人的贵贱。

人要讲尊严，就不能失了自尊；
人要顾脸面，就不能脸皮太厚。

人一旦失去了自尊，同时丧失的还有尊严，以及他人的尊重。

不要看轻自己，人都要有自尊；
不要轻蔑他人，人都会有尊严。

自尊比自傲高贵得多，
自爱比自恋高尚得多。

仁者真诚感怀，日月可鉴；
贤者真心感恩，天地有情。

受惠于人，懂得感恩，是有情有义；
施惠于人，学会忘记，是无欲无求。

感恩的知恩图报，是情长义长；
忘恩的恩将仇报，是情断义绝。

有感触时，让人感动；
有感怀时，让人感念；
有感觉时，让人感悟；
有感戴时，让人感恩。

良知，使良心与良心相互感知；
良心，使良知与良知彼此倾心。

做人要好，不好是孬；
做事要正，不正是歪。

害怕罪恶远远不够，诅咒罪恶才是爱憎分明；
担心堕落远远不够，鄙视堕落才是是非分明。

穷奢的，是一种扭曲；
极侈的，是一种变态。

不自重者自轻，自轻者自蔑；
不自信者自卑，自卑者自贱。

不懂事的，有时变成无赖；

不讲理的，有时专门耍赖。

把别人缺点总当事说的，是大缺点；
把别人毛病总对人说的，是坏毛病。

惯于谤人者，必疏于律己；
善于自察者，必宽于待人。

追名逐利，是虚荣者心机的卑劣；
变本加厉，是贪婪者行迹的恶劣。

自以为是，自鸣得意，自命不凡，满必遭损；
反躬自省，扪心自问，洁身自好，谦必受益。

率真和质朴，常常在粗野和鲁莽的言行中大打折扣。

居心不良的，一看便知；
居心叵测的，慧眼可辨。

不能自控，走火的结果必然是入魔；

不能自制，见利的后果必然是忘义。

舌头太发达的，容易变成话痨；
头脑太灵活了，谨防变成滑头。

装神弄鬼难为人——
因为明摆着：
神不神，鬼非鬼，人还怎么像人。

拖人下水的难脱干系，因为难免湿了手脚；
推人下水的难逃罪责，因为难免露出马脚。

最可恶的人是：
把天使挂在嘴边的同时，却把魔鬼藏在心里。

天使走出天堂才是天使，
魔鬼走出地狱更是魔鬼。

喝酒有度，忌讳有二：
一是喝出激情的同时别伤了性情，
二是喝出文化的同时别伤了文明。

真榜样，从不装模作样；
好榜样，决不自我标榜。

心胸狭隘的人，常常嫉贤妒能；
胸襟豁达的人，往往容让宽宏。

我们赞赏朴素，是因为曾经太钟情华丽；
我们赞美朴实，是因为曾经太羡慕华贵。

贫而不贱，照样活出高尚；
穷则思变，照样活得尊贵。

割舍是一种施舍，所以雪中可以送炭；
吝啬是一种难舍，所以锦上也不添花。

权不是势，势不是利，不钻营者必贤；
才若是智，智若是德，不居傲者可师。

师不可愚，愚师者愚不可及；
友不可欺，欺友者自欺欺人。

说话三德——

会说话，但决不乱说；

爱议论，但决不非议；

善辩解，但决不诡辩。

善意的谎言如果是一种深爱，爱便是真爱；

美丽的谎言如果是一种痴情，情则是真情。

论人之非勿苛责，以免难堪；

称人之是勿过誉，以免尴尬。

有人爱管闲事，是闲得无聊；

有人爱说闲话，是闲得无趣。

不说伤天之话，以免当下遭骂名；

不做害理之事，以免日后做噩梦。

只说一遍就能算数的是男子汉，

说两遍也不算数的还是男人吗！

有人讲话尖锐,其实是另一种厚道;
无论谁讲话尖酸,都是一种不地道。

有人说:知耻近乎勇;
有人说:知耻而后勇。

所以,耻本身并不可怕,可怕的是有耻而不自知。

庸人多自扰:
有的自怨自艾,有的自暴自弃;
有的自鸣得意,有的自命不凡。

贪慕功名,是一时的虚荣;
贪图利禄,是一己的私欲。

急功近利者易遭损,
居功自傲者易遭困,
贪天之功者易遭辱,
好大喜功者易遭贬。

骄奢的人,一般不知廉耻;

傲慢的人,往往自取其辱。

不好大喜功,欲望才不会膨胀;
不变本加厉,欲念才不会扭曲。

哗众者的初衷是想取宠,但绝大多数的结果是哗然失宠。

当恶语伤人时,其实暴露出的首先是伤人者丑恶的嘴脸。

轻易地发誓,一旦实现不了,便是食言;
轻率地承诺,一旦兑现不了,便是失信。

我们有时要看别人的脸色,这不可取;
我们有时又给别人颜色看,切不可为。

与事,看脸色行事的,必然扭曲心智;
与人,看人下菜碟的,必然歪曲真相。

修养妙悟

当感悟开花时，
思想为之芳香；
当觉悟结果时，
精神为之闪光。

当感悟开花时,思想为之芳香;
当觉悟结果时,精神为之闪光。

人要有信仰,信仰就是一种向往;
人要有追求,追求就是一种希望;
人要有思想,思想就是一种涵养;
人要有精神,精神就是一种力量。

只有信念和追求一同攀登时,才会站得更高;
只有追求和抱负一同跋涉时,才会走得更远。

信仰是扎了根的,理想是添了翼的,

故人生不懈的追求,既可以脚踏实地,又能够展翅高飞。

有时我们被诱惑牵着走,
有时我们被困难逼着走,

有时我们被责任推着走……
而使我们能够自觉勇往直前的是信念和追求。

信仰,青睐所有追求它的人;
信誉,厌恶所有奢求它的人。

没有追求的地方,就没有芬芳;
没有拼搏的地方,就没有风光;
没有奉献的地方,就没有辉煌。

希望和追求一同上路,
再加上理想和信念不离左右,
美好的愿景才会一再变成美丽的风景。

风景大多在路边,
风光则与追求者一路同行。

坚定自己的信仰,就不怕路途遥远;
坚持自己的追求,就不怕肩负重任。

追求是拼搏路上的歌唱,

拼搏是追求途中的风光。

完美是不懈追求的目标，
完善是不断实现的愿望。

兴趣永远不会失宠，
热爱永远不会失真，
追求永远不会失信。

追求梦想，决不能坐等时日，每一刻都是千金；
美梦成真，更不能留待来生，要抓住每个当下。

有人心里留一片净土，是为了让真善美的鲜花绽放；

有人梦中留一片晴空，是为了使真善美的彩虹飘舞。

美梦成真和常梦不醒，这是梦与梦的最大不同。

绿肥红瘦时节，诗人在梦中的游思，也变得又细又长。

“月有阴晴圆缺”,是诗人笔意的写象;
“人有旦夕祸福”,是诗人心灵的悟化。

追求富足的过程,难有长久的快乐;
感悟知足的时刻,才觉瞬间的幸福。

寻求快乐的人,欲望越淡越好;
追求幸福的人,奢望越少越好。

多孝、多爱、多善,是自赐的幸福;
少争、少吵、少闹,是自得的快乐。

最长久的快乐是健康,
最长久的健康是幸福,
最长久的幸福是平安。

晨光里,快乐的是争相绽放的花朵;
夕阳下,幸福的是依偎陶醉的枝叶。

予人快乐，自己快乐，化入身心；
予人幸福，自己幸福，融入灵魂。

乐在心头，才是快乐人生；
福至心灵，才是幸福人生。

有一些快乐是即兴的，所以才自在；
有一些喜悦是随性的，所以才自然。

真正的快乐，是可以彼此分享的；
真正的幸福，是可以相互共享的。

只有能以苦为乐的人，只有可甘苦共尝的人，幸福才会和辛苦如影随形。

快乐是该糊涂的时候难得糊涂，幸福是该吃亏的时候以吃亏为福。

谁也不敢说自己是最幸运的人，但只要懂得珍惜已经拥有的幸福，便可以度过快乐的每一天。

雨果说:道德是真理之花;
而我说:真理是道德之光;
狄德罗则说:真理和道德是两个密友。

就社会而言,道德主要是指公德;
就个人而言,道德一般是说品德。

美德既不是专供的礼品,更不是用来交易的商品,而是对拥有美德者的礼遇和奖赏。

内修品格,外持操守,
方可以德立言,以言敦行,以行践德。

以理服人,人皆心服口服;
以德服众,众皆心悦诚服。

大义即正义,故能修成大德;
大道即正道,故能修成正果。

有非常之德,才能做非常之君子;
有超常之才,才能成超常之志业。

无才者难以成器，故尤忌骄躁；
无德者难以成仁，故尤忌骄纵。

风正气不邪，故求真的人决不虚伪；
品优德不劣，故向善的人决不虚荣。

心高，则可能气盛，但气盛不要凌人就好；
心虚，是可能理亏，但理亏不要失德就好。

幸灾乐祸的心理，是扭曲不健康的；
落井下石的行为，是恶劣不道德的。

人可能缺才，但不能缺德；
人可能弱势，但不能弱智。

一个占有欲太强的人，轻则缺德，重则败德。

名声一旦声名狼藉，所有美德便随之销声匿迹。

发现美,我们开始被美吸引;
欣赏美,我们最终被美陶醉。

拥有美丽时,不要放任自己;
失去美丽后,不要嫉妒他人。

美对德而言,是心灵的芳香;
德对美而言,是灵魂的高尚。

美德是心灵的美丽,魂灵的美妙,精神的美好。

大爱无言,是无以言表的极度丰富,是难以言表的极致美好。

艳一旦妖,美的则会变丑;
妖一旦媚,丑的则会变俗。

美有时自恋,但决不可自诩;
丑有时自卑,但决不能自虐。

在自己身上贴标签的人,是想美化自己;

在别人身上刷标语的人,是想丑化别人。
事实是,往往适得其反。

美说:赞扬我的可能和我一样美;
丑说:嫉妒我的一定比我还要丑。

丑,莫大于以丑为美而不自知;
耻,莫大于以耻为荣而难自拔。

就个性而言,美讲究的是与众不同;
就共性而言,美忌讳的是众口一辞。

真正的美:
既是先天的,更是后天的;
既是外在的,更是内在的;
既是视觉的,更是感觉的。

美和漂亮的不同:
前者可以养心,后者只会养眼。

矫健之美,是一种气质,它展示人的魅力;

刚健之美,是一种气度,它彰显人的活力。

自然本真的羞涩是美,
装模作样的羞怯是丑。

与人无争,心静自安;
与世无争,心怡自宽。

多说好话,多逢喜缘;
多做好事,多结善缘。

有情有义,方可有善缘;
无才无德,哪来的机缘。

热心助人以危困,喜缘自随;
慈心救人以急难,善缘紧随。

以乐对苦,心里需要的是善念;
以喜对忧,心里需要的是慈愿。

与人为善,善与你同在;

与善结伴,善与你同行。

感恩,是因为常存感怀之情;
向善,是因为常怀施惠之心。

不计他人之过,方可与人为善;
常察自己之失,方可以人为师。

于人要多往远处看,好友一定多;
于事要多从好处想,善念一定多。

勿轻视他人之长,以护一己之短;
勿摒弃众生之愿,以失一时之善。

而立知善,故从善如流;
不惑向善,故隐恶扬善;
知天命积善,故择善而为。

常存善念,是最好的修心;
常行善事,是最好的修为。

爱心如花,可以四季飘香;
善行如日,可以温暖八方。

凡贤者,会随处用爱心爱戴他人;
凡仁者,会随时用善心善待他人。

慎言者,省己必严;
善行者,察己必苛。

能用爱心看世界,发现爱就在身边;
能用善行对世界,感觉善永在心间。

多一分施惠,多一分善缘;
多一分感恩,多一分福缘。

尽心即会走近完善,所以尽心必须尽力;
尽善即会走向完美,所以尽善就要向善。

善与恶,泾渭分明,一看便知;
善与伪善,貌合神离,明眼人仔细辨识后才分得清。

尊贵之人，贵在活得有尊严；
真诚之人，诚在活得不虚伪。

以真情对假意，假无地自容；
以善心对恶念，恶无处遁形。

正直，可以使人明辨是非；
正义，可以使人分辨善恶。

毫不利己的人，因与人友善而乐生；
损人利己的人，因与人交恶而苟活。

对善事能善待的，是从善如流；
对恶语不恶对的，会隐恶扬善。

善存而弃恶，善积而福报，这是对善最佳的揣度。

面对过誉，我们要清醒：
哪些是善意的，哪些是鄙意的，哪些是恶意的。

被他人夸赞远不如被他人欣赏:
前者可能是虚情假意和耍嘴皮子,
后者一定是出于真诚和发自内心。

谎言,似风扬的沙;
信誉,如手捧的花。

飞沙肆虐,污染和破坏的是自然环境;
流言恣意,玷污和伤害的是人的心灵。

虚伪比虚假的更可恶之处是:
为了虚荣,居然把假统统伪装起来。

虚荣和虚伪不仅相邻而居,更主要的是经常串门。

真有才情的人总是率直的,决不虚伪;
确有才气的人总是率真的,决不虚荣。

谣言本来是想惑众,但到最后成了自取其辱的话柄。

在所有的誓言中,最经不起考验的是信誓旦旦。

说话要真诚,用真心赢得真情。

不然,废话烦人,大话唬人,套话蒙人,瞎话骗人。

粗话一听就不顺耳,
假话咋听咋不顺耳,
坏话越听越不顺耳。

扯淡的悲哀:
鬼话连篇,连鬼都不信;
屁话连篇,狗屁也不如。

不迁怒别人,是一种善良;
不宽恕自己,是一种美德。

天下美,应归天下人;

天下善，应向天下心。

强说真的，往往为乱真，所以更需要辨别；
谎说善的，往往是伪善，所以更值得警觉。

天性善良，是真心实意的表现；
人性伪善，是虚情假意的表演。

真用不着自我表白，假必然会原形毕现；
美用不着自我炫耀，丑自然会无地自容。

求生是人的本性，但要能够与善行相随；
求美是人的天性，但要能够与真情相伴。

自卑者顾影自怜，所以最适合和自强交友；
自傲者孤芳自赏，所以最适合拜自谦为师。

爱挑拨的人，身边少有朋友；
爱挑剔 的人，身边难有知己。

道不同者，虽同行却形同陌路；

志相投者,虽陌路亦可为知己。

人可能贫,但不能怂;
人可能困,但不能囧;
人可能穷,但不能熊。

人与人的差别:
贫富和贵贱并非本质,
真假和善恶才是本真。

人才不够优秀,是因为个性的缺失;
人才难以卓越,是因为天性的泯灭。

修养不是虚说的,
涵养不是空谈的,
它们的实证是:
生命的品质、人生的品格和生活的品位。

修养三境界:
得聪者,生明;
益智者,增慧;

自觉者,开悟。

朴素淡雅,是修养的外相;
朴实淡泊,是修养的内涵。
内外兼修,是修养的最高境界。

修养功力不到,对人怎能看清;
修养功夫不深,遇事怎能看透。

真正有智慧的人,从不自迷;
真正有道行的人,从不自誉;
真正有修养的人,从不自弃。

听到奉承而不喜形于色的人,是有修为;
听到讥讽而能不动声色的人,是有修持。

牢骚满腹的人不懂修养,故只会自讨没趣;
怨声载道的人不懂涵养,故只能自寻烦恼。

讨论失控,成了争论;
争论失度,成了争吵;

争吵失态,成了吵闹。
所以,学会沟涌,既离不开教养,更需要涵养。

修身养性,是自己的事,所以要苦修持度;
是毁是誉,是别人的事,所以宜置若罔闻。

修身要从一点一滴做起,方可安身立命;
养性要能一言一行践微,才会功德无量。

说话有时反映一个人的学养,
诸如言简意赅和言之无物的悬殊差异;
说话有时观照一个人的修养,
诸如直言不讳和花言巧语的迥然不同。

学识增长人的见识,见识增长人的智识;
学养增进人的涵养,涵养增进人的修养。

能进,是修志气;
能退,是修智力;
能进能退,是修持有度。

对他人的批评,听了愿接受的,要有一定的修养;

对他人的指责,听了能承受的,得有特别的涵养。

有修养的人,可以用心智调节心情;

有涵养的人,可以用心绪调适心境。

愤怒之时,能制怒者,方为有涵养;

悲悯之时,能怜悯者,方为有修养。

喜怒不形于色,是修养的功力使然;

哀乐不动于容,是涵养的功夫使然。

埋怨多了,怨天尤人,悲的是情;

抱怨多了,怨声载道,伤的是神。

脸皮厚,并非健康;

胡子长,难说时尚;

派头足,不算风光。

品德高尚,说明一个人的修养;
举止高雅,说明一个人的涵养。

宽者,才能容,宽容是一种修养;
忍者,才会让,忍让是一种涵养。

养德可以向善,
养寿可以增福,
养心可以怡情,
养气可以安神。

经书有云:
“金佛不渡炉,木佛不渡火,泥佛不渡河。”
觉者自悟:
况凡胎乎!况肉身乎!

深水不响,故修心当越静越好;
流水不腐,故养性当越净越好。

朝饮坠露,夕餐落英,物我相融,禅由心生。

说到底，禅是“静虑”，即一种安静地思考；

悟是“开慧”，即一种智化的思绪；

而禅悟，则是一种自度和超脱，似明镜止水，如拈花而笑。

禅，在引领我们回家的路上，远离喧嚣，

回归自然，回归自在，回归自我；

禅悟，在仁爱慈善的“自度”中，远离世俗，

让心情怡然，心境释然，心性豁然，心绪安然，心神泰然。

禅不仅是一条回家的路，禅还是一面心镜。

而禅悟有时是在回家的路上找到自我，有时是从心镜中找回自我。

“自度”即禅悟。

禅悟的心境应该是：

找回自我，找到自在；

禅悟的心智应该是：

淡泊明志，宁静志远。

有时我们能够放下得失，近禅足矣；
有时我们能够超脱荣辱，亲禅足矣；
而修身养性，物我两谐，真入禅境，谈何容易。

真正的禅悦是由看破到参透的觉和由放下到舍弃的悟。

修身要己严，
修心要己律，
修性要己恒。

要想向前看，就必须把烦恼丢在脑后，这是修性；

要想朝前走，就必须把功利抛在身后，这是修行。

静无纷无忧，是一种心态，即回归自然的平常心；

净无迹无痕，是一种心境，即皈依本真的自在境。

心宽,天地亦阔;
心净,神气亦清;
心觉,智慧亦悟。

心寂智深,心静智沉,心和智博,心慈智广。

心胸宽者心气平,心事多者心绪烦;
心地善者心性恬,心念恶者心术邪。

自尊心让人赢得尊严,自信心让人赢得信念;
自省心让人处得觉省,自悟心让人修得觉悟。

寡欲者清心,
多悟者明心,
常省者静心。

悟者静思,可戒心浮气躁;
戒者省思,可除贪心欲念。

清心的人,靠不嗔安生;
寡欲的人,靠不贪乐活。

清心故静,寡欲则宁;
鲜廉难洁,寡耻必荣。

清心者舒心,寡欲者节欲;
通情者近情,达理才说理。

做人,要讲诚信;
做事,要讲务实;
修身,要讲持戒;
修心,要讲守性。

一念执迷,迷途不知返,似鬼使神差;
一念顿悟,悟境当即开,如拨云见日。

难得糊涂,是灵魂的“天堂”;
吃亏是福,是心灵的“道场”。

修身,一日不作和一日不食是前因后果;
养性,一丝不挂和一尘不染是互为因果。

节嗜者养性，节欲者怡情；
去嗔者养心，去怒者怡神。

做人，真善为贵；
修身，无我为贵；
养性，慈悲为贵。

修持是：修养要持之以恒；
修为是：修养要有所作为。

多少不论，是人性好；
有无不争，是人品好；
你我不分，是人缘好。

修性要用心：真心、善心、美心；
修行要动情：真情、热情、激情。

修性，势之所附如何，可以审视一个人的品格；
修行，利之所趋怎样，可以识别一个人的品位。

有些人惯于沉默，这是一种修养；

有的人甘于沉默，则是一种涵养。

在静默中保持缄默的，才会享有安宁；
在沉默中惯于沉思的，才会增长智慧。

缄默是一种心性，
沉默是一种心境，
幽默是一种心绪。

为善最乐，所以仁者向善而生；
上善若水，所以贤者善恶分明。

善念，使心灵与心灵相互感动；
善行，使生命与生命彼此感恩。

善劝，当然要语言动听，但必须饱含深情；
乐助，当然要行为感人，但必须满怀真诚。

“借，不如送。”是一种境界；
“得，不如舍。”是更高境界。

能人，拿得起；
高人，放得下；
志士仁人，既拿得起，又放得下。

拿得起放不下的结果是，最先拿起的人最劳累；
拿得起放得下的结果是，最先放下的人最轻松。

知足者知止，他们的最佳境界是懂得放弃；
自省者自觉，他们的最高境界是甘愿舍弃。

能把重的看轻，并且轻松放下，
为人才会淡然，处事才会释然。

能够释怀，即使面对世俗也不欺世；
能够淡泊，即使置身世俗也会脱俗。

不奢求的，我们从不奢望，所以淡然；
不奢望的，我们从不奢求，所以释然。

自信就要大声宣告:

我就是一道风景,我走在我的路上,

从朝霞走成夕阳,从春光走成秋色……

当自己真正成为自己的"上帝"时:

自在全然会自在,自主当然会自主;

自省全然会自省,自悟当然会自悟。

舍我的人,可以成为至交;

无我的人,可以成为知己。

忘我是一种信念,

无我是一种境界,

舍我是一种精神。

古人云:以人为鉴明得失。

不断自我完善的人,把周围的人都视为明镜。

能活得出息,就要使自己永远是自己;

想活得精彩,就要自己不简单是自己。

顺其自然,做真实的自己;
然其自然,做求实的自我。

一个人时,做好自己;
两个人时,互为知己;
三个人时,忘却自己。

每个人都是独一无二的:
一是只有活出自己,才会与众不同;
二是只有活好自己,才会别具风采。

有时了解别人,是为了反省自己;
有时了悟别人,是为了挑战自我。

在别人眼里,自己是否可爱别太在意;
在自己心里,别人是否可敬必须清楚。

被别人嫌弃不可怕,可怕的是自己放弃自己;
被别人放弃不可怕,可怕的是自己毁弃自己。

如果他人的意志左右不了你,你还是你自己,这是自尊；

如果他人的怀疑动摇不了你，你就是你自己，这是自信。

人首先应该做真实的自我，然后才是努力做成功的自我。

这样，就必须首先不断完善自我，然后才是超越自我。

与其在意别人的闲言碎语，哪如做回真实的自己；

与其在意别人的胡言乱语，哪如做好坦诚的自己。

与其用苍白的语言一再向别人解释，
远不如用矢志不移的行为证明自己。

求人不如求己，是做人的格言；
身教重于言教，是育人的箴言。

每个人都应该做好自己，它的要求是：

正常时不迷失自我，
必要时敢挑战自我，
关键时能超越自我。

哲理思辨

我的所思一字一句，
是人生的一丝一缕；
我的随想一章一节，
是生命的一经一纬。

我的所思一字一句，是人生的一丝一缕；
我的随想一章一节，是生命的一经一纬。

诗人有时思无所思，哲人有时若有所思，

其要么是生命的一种沉静，要么是人生的一种从容，要么是生活的一种淡定。

深刻的思索，在思辨中发光；
精彩的思辨，在论辩中闪烁。

思索，耐得住寂寞才会深刻；
思想，守得住孤独才会精彩。

思想永远比天空浩瀚，
想象永远比大地寥远。

想法是人人都有的，

而能使想法成为思想的却有限。

对于一个思想者而言，
沉默不表明无话可说，
沉思说明正有话想说。

学会思考只是第一步，
只有当思考真正成为一种习惯后，才会受益终身。
所以，经验的结论是：
没有思想的人难以成熟，思想肤浅的人很难成功。

喜欢思索的思想者，从来不会寂寞；
喜好追索的追求者，从来不觉孤独。

有时思无所思，由无思而有思；
有时若有所思，由沉思而深思。
故此，我将一路远行，随行随想，随想随行……

事物，奇异的才会奇特，故奇景有奇观；

思维,奇巧的才会奇妙,故奇思有奇招。

讲理的人说,有理不在言高,因为理直自然气壮;

懂理的人说,有理走遍天下,因为顺理必然成章。

演讲,必须句句在理,当然精彩更好。

所以要一忌拖沓,越短越好;二忌拉杂,越精越好;三忌空乏,越实越好。

正常的理性,一般会产生正常的行为;

超常的理念,有时能产生超常的作为。

哲学家是站在最高处,看到最远处的那个人;

思想家是站在最近处,想到最远处的那个人。

人类是随着思想的演化而进化,

世界是随着人类的进化而变化。

哲学家的沉思,是心灵的独语;

演说家的机锋,是思想的辩白。

不进则退,是科学对事物的泛指;
以退为进,是哲学对事物的特指。

想象是天性的翅膀,
随想是悟性的阳光。

思想的翅膀折断,飞不高也飞不远;
思想的土壤贫瘠,开不出鲜花更结不出硕果。

有人所以活得自在,是因为善于思考;
有人所以活出精彩,是因为善于思辨。

真理也有相对性,一旦绝对了便成为歪理。

生存,离不开哲学思辨——
有时忍让,是为了以屈求伸;
有时避让,是为了以退为进;
有时禅让,是为了以静制动。

最可笑的是：
两个谬误相互吹捧，说彼此是真理。

谬说是思想的肤浅，
悖论是思辨的深刻。

面对谬误，荒谬的表现：
轻则是荒唐，重则是荒诞。

思想人人有，智愚大不同——
有奇思的，才会有妙想；
好胡思的，必然好乱想。

妙境，与巧思相关；
能人，与智力相伴。

任重道远，决不能舍近求远；
深谋远虑，一定要殚精竭虑。

能深思者，方可熟虑；
善深谋者，方有远虑。

只有深谋者,才可以剔除浅见;
只有远虑者,才可以驱除近忧。

有真知必有灼见,因为水到渠成;
有远见必有卓识,因为天道酬勤。

贫而不贱,是因为灵魂的高尚;
苍而不白,是因为思想的闪光。

勤于思考的人,与智识在一起;
善于思考的人,与智慧在一起。

智趣是放飞的,一旦被禁闭,还有智慧吗!
随想是游弋的,一旦被禁锢,还有思想吗!

冷静思考加冷眼旁观,才会心明眼亮。

思想苍白的人,
无奈时只能用花言巧语来掩饰自己的肤浅。

只有思想的远行,才会一再面对困惑,
这既是心灵的诚实,更是精神的富有。

心性没有性别之分,
思想没有地域之分,
精神没有生死之分。

容貌展示长相,
思想照亮生命,
灵魂彰显精神。

为了繁衍,果实把生命贮藏在种子里;
为了远行,思想者把人生寄赋于字里行间。

随想优美的文字,是思索的舞蹈;
思想闪烁的文字,是精神的燃烧。

优美的文字,是心灵瀚海中的一颗颗珍珠;
卓越的思想,是精神世界里的一道道彩虹。

文化之花,开在思想的树上;

文明之果,结在精神的树上。

灵感捕捉思想瞬间的火花,
随想是我心灵闪现的独白。

人生离不开思考,
随想是我心灵的翅膀和生命的飞翔。

枕着新诗,拥着古词,我的诗与随想,
在徜徉的梦中发芽,在远行的路上开花。

人生的经历坎坎坷坷,
生命的长河曲曲弯弯……
我的哲理随想越写越短,
我的诗意随想渐行渐远……

我们所以不信神,不怕鬼,因为有真理在;
我们所以不听谣,不信邪,因为有真实在。

真理,最初大多在少数人手里;
自由,最后一定在自为者身边。

谬误就怕争辩，所以面对真理时往往自甘缄默；

真理不怕狡辩，所以面对谬误时绝不甘于沉默。

不好是孬，孬种没有一个好人；
不正是歪，歪理没有一条真谛。

有情有义，感人必真；
有勇有谋，服人必众；
有德有行，诲人必深。

当感性成为感悟时，感性中的直觉一般是对的；

当理性成为理智时，理性中的知觉一定是对的。

人都有感性的一面：
有时是被他们真爱的事物所感染，
有时是被他们深爱的事物所感动。

可爱有种种，诸如有的只是心怡，有的则是心醉……

可亲有种种，诸如有的只是可人，有的则是可心……

可敬有种种，诸如有的只是敬佩，有的则是敬重……

柔情是一种温情，深情是一种痴情；
骚情绝不是风情，调情绝不是多情。

性情是人人都有的——
只要能做到不任性，性才是率性；
只要能做到不矫情，情才是真情。

聆听倾诉，会劝重要，用情更必要；
倾听歌唱，动听必要，走心更重要。

何谓从容？
面对成败时，进退不会无所适从；
何谓淡定？

面对得失时,取舍不会犹疑不定。

聪颖和聪慧的差别在于智商,
虚荣和虚伪的差异在于情商。

俗话说"有脑子",有时是指思想活跃;
俗话说"好脑子",有时是指思维敏捷。

趣味可浓可淡,既因时而异,又因人而异;
但浓不宜太重,淡不宜太枯。

在无聊中讨情趣的,有时是苦于无奈;
在无奈中找乐趣的,有时是苦于无聊。

随愿的人随缘,
随心的人随性,
随和的人随顺,
随喜的人随福。

不忘初衷,友善便会在身边播种;
常念旧情,良知便会在心中生根。

淡定的常态是自然，
自然的妙趣是自由，
自由的佳境是自在。

理解是两颗心之间沟通的捷径，
包容是两颗心之间最近的距离。

激情澎湃，有如波涛汹涌；
随波逐流，决非随遇而安。

气宇轩昂，彰显志者的超凡；
心气平和，显示智者的脱俗。

有时心结解不开，是交错了朋友；
有时心锁打不开，是拿错了钥匙。

争名者，心难得平静；
夺利者，心难有安宁。

有人喜欢看手相，有人喜欢看面相，

但每个人不能不看的是心相：
因为心可生一切，亦可止一切。

想益智吗？就不要让心神恍惚和彷徨；
想增寿吗？就不要让身心疼痛和受伤。

伤只要不是害，让人成长；
痛只要不是恨，让人成熟；
伤痛并追求和拼搏着，让人成功。

谁能把悲伤的歌唱出悲壮，那是因为胸中有大气量；

谁能把悲壮的歌唱出雄壮，那是因为心中有大志向。

积劳成疾，伤得是身；
乐极生悲，痛的是心。
所以，想快乐和长寿，就必须身心俱健。

最感人的喜，是喜极而泣；
最痛心的悲，是乐极生悲。

喜而无怒，哀而不乐，这是常情；
悲而寡欢，离而难合，这是常态。

痛定思痛的要旨是：
首先是从痛中解脱，然后是在痛后超越。

乐极生悲，有时是因为失度，所以不能自已；
喜极而泣，有时是由于失控，所以情不自禁。

畅想本来很美，
一旦成为妄想和狂想，便即刻变得苍白和荒诞。

为了感动他人，首先必须打动自己；
为了感恩他人，首先必须感动自己。

常常感动的人，时有所觉；
时时感恩的人，常有所悟。

真诚的反省，可以省醒自悟；

虔诚的忏悔,可以悔过自新。

心生抱怨,轻则成事不足;
心存积怨,重则败事有余。

闭目有时是在养神,所以勿扰;
闭门有时是在思过,所以谢客。

心眼小不可能有大志向,
肚量小不可能有大气魄,
心胸小不可能有大目标。

娇气不可滋生,娇气生则锐气减;
骄气不可助长,骄气长则志气消。

有气量才会有气场,
有胆量才会有胆识,
有能量才会有能耐。

自以为是不是自信,
自惭形秽不是自谦,

自鸣得意不是自尊，
自命不凡不是自强。

自吹自擂者自鸣得意，结果往往自讨无趣；
自恃自傲者自以为是，结果常常自取其辱。

面对艰难，志气要大，势气才高；
面对困苦，心气要高，意气才旺。

自觉和自悟，是彼此的良师；
自立和自强，是相互的益友。

偏见是拙见，卓见是高见；
至于预见，则仁者见仁，智者见智。

信任有时是：
虽有误会，但从不误解；
虽有错觉，但决不错怪。

论性格，有的脾性好，有的个性强，其各有长短，关键是看谁与谁、谁对谁和谁怎么看谁。

小聪明和太精明都不好，明智则介于二者之间。

面对他人的吹捧，要有清醒的头脑：
口气越大吹得越假，捧得越高摔得越狠。

能言者不都善辩，善辩者一定善言；
争强者不都好胜，好胜者一定好强。

历史无长无短：
如果说长，它是无尽，所以延绵不绝；
如果说短，它是瞬间，可以铸就永恒。

有限的魅力就在于把自己一再延续，最终变成无限。

言简意赅是：
一句话能说清的干吗要说两句，
两句话能说通的干吗非说三句，
三句话能说完的绝对不说四句……

小心眼不对，缺心眼不好，

没心眼有时关键看对谁，可能对也可能不对，

有时又关键看对什么事，可能好也可能不好。

怪脾气有时是一种才气，关键是看你怎么个怪法；

犟脾气有时是一种气势，关键是看你怎么个犟法。

率真的正气，豁达的大气；

发呆的傻气，无知的稚气。

生理失调的结果，有时是情绪的失控；

情绪失控的后果，有时是精神的失常。

为了释怀，有时不得不远离忧怨；

为了感怀，有时不得不摒弃前嫌。

愁不能解愁，怨不该结怨，至于仇则宜解不宜结。

不泄气怎么办？那就要有生气；
不服气怎么办？那就要长志气；
不赌气怎么办？那就要讲和气。

别把生气写在脸上，别把怨气挂在嘴边，别把火气窝在心里；

而尤其犯忌的是，气不打一处来。

当烦恼一下子多起来时，可能你正在长大；
当苦恼突然间多起来时，可能你正在成熟。

难忍而能忍的，是大智慧；
难舍而甘舍的，是大慈悲。

安贫乐道者自在多，
穷奢极侈者忧患多。

你想知道自己的人气吗，数数身边有多少好朋友；

你想知道自己的福气吗，想想心中有多少真朋友。

侠骨一旦麻木，哪还有什么柔情；
侠肝一旦麻痹，哪还有什么义胆。

花言巧语，由于言不由衷，所以不会赢得真心；
甜言蜜语，由于言过其实，所以很难获得真情。

没有幽默，讽刺不够生动；
没有讽刺，幽默难以深刻。

如何识别微笑的细微不同和各种微妙，
除了各种眼神而外，有时还应注意眉梢和嘴角。

花讲色香味，美艳要能色不逊香，香不乏味，味有意韵；
人论精气神，旺盛要能精中带气，气中显神，神有奕采。

立身要立正身，身正不怕影子斜；

做人要做好人,人好不怕恶语伤。

人能站立,凭的是双腿;
人要挺拔,靠的是脊梁。

站着身高和躺下身长不一,那是站着的时候脊梁没有挺直。

当一个人无懈可击时,还怕打击吗;
当一个人无可挑剔时,还怕挑刺吗!

人各有所难,大难不死者,必有后福;
人各有所悟,大悟不言者,必是先觉。

一个思维正常的人,是不会自恋的;
一个心理正常的人,是不会自闭的。

一个人忍受力有多大,就有多大容让;
一个人承受力有多大,就有多大担当。

不摔跤的人没有,摔倒后不往起站的很少,

问题的关键在于：摔倒时在想什么，站起后要怎么走。

慷慨解囊的人，往往是救人以急难；
仗义疏财的人，常常是救人以危难。

眼亮的看人看得清，心明的认人认得准——
前者更多的是说外在，后者更多的是指内涵。

时光荏苒，所以常常怀想的是那些曾经追求理想的人；

岁月峥嵘，所以久久怀念的是那些最终实现梦想的人。

做老好人，还是做大好人——此好人非彼好人。其实，做好人也是大有讲究的。

人有两只手，是为了左右逢源；
人长两只眼，是为了左顾右盼；
人生两鼻孔，则是为了同呼吸。

人可以贫，但只要心智不迷，则能贫而不贱；
人可能穷，但只要心志强大，就会穷则思变。

人可以穷困，但不能潦倒；
而只有人穷志坚，才可能自强不息。

人应该有所作为，但决不能无所不为；
人可以一无所有，但绝不该一无所知。

细小处能慎言的人，大处必不狂讹；
细微处能谨行的人，大处必不妄为。

有时不是你不美，是别人没有留意；
有时不是你不好，是别人没有在意。

待人不能以己度人，一定要通乎人情；
接物不可恃才傲物，一定要顺乎物理。

一个人的身份可能与服饰相关，
一个人的身价与配饰绝对无关。

轻信别人，无知是一种稚气；
坚信自己，有为是一种志气。

对花言巧语的人，缄默是最好的反应；
对胡言乱语的人，沉默是最好的回应。

错了敢于承认的人，让人尊重；
错了勇于改正的人，让人敬重。

人谁都难免有过错，
但关键的人、关键的事和关键的时刻千万不要错过。

时光记住的，是与它风雨同行的人；
岁月难忘的，是与它同舟共济的人。

俗话说：人无完人。
故我们有时欣赏他人，是因为不奢求完美；
而我们有时赞赏他人，是因为太接近完美。

会说别人想听的，这个人聪明；

敢说自己想说的，这个人率真；

知道什么时候该说别人想听的、什么时候该说自己想说的，这个人智慧。

人各有志当然好，但志大才疏又有何用；

好男儿志在四方，但壮志未酬终身抱憾。

敢于尝试的人，才会常有发现的惊喜；

勇于探索的人，才会时有创造的奇迹。

当两个人彼此读懂对方时，结果不外两种：

要么越靠越近，要么渐离渐远。

成长是一种痛时，成才便是痛并快乐着；

成长是一种苦时，成人便是苦并幸福着。

何去何从，有时是人们面临的重要抉择；

孰是孰非，则是人们在抉择前的首要认知。

人不畏死当然难能可贵，

但同时知道怎样才能活出精彩更为宝贵。

误读，可能错爱一个人；
误会，可能错怪一个人；
误解，可能错伤一个人。

用缺憾的心态看人，是人都有缺失；
用缺失的心态对事，凡事都有缺憾。

妄说别人稚气的，其实自己比别人还稚气；
枉说别人小气的，其实自己比别人更小气。

只知使劲拖别人后腿的人，却忽略了自己同时也在后退。

山的高度，一般是说它的海拔。

但有的山，或与一个人物、或与一则故事、或与一段历史相关……

其各有各的考量，故各是各的高度。

身处百舸争流之时，多数人可以成为一个好水手；

置身浪遏飞舟之境，少数人可能成为一个好舵手。

感性的人被夸赞，如果表现羞涩，那是单纯；
知性的人被批评，如果表现沉默，那是冷静。

人与人的不同之处：
高明者在于能够适度否定自我，
高尚者在于能够充分肯定他人。

有力量的人，才会容让；
有智慧的人，才能容忍。

有胆有识的人，被视为志士；
修德修为的人，被称为仁人；
得道得悟的人，被尊为觉者。

外貌出众的，使人关注；
气质高雅的，使人难忘；
风度超凡的，使人铭记。

不轻举妄动,是智者的慎行;
不胡作非为,是贤者的操行。

时代的责任感是什么?是有志者的敢于担当;
历史的使命感是什么?是有为者的勇于闯当。

勇者有勇气,所以心中有前景,而且前景无限;
志者有志向,所以脚下是前途,而且前途无量。

不甘孤独的是志者,这样其追求才可能到达最远处;
自甘寂寞的是智者,这样其思想才可能站到最高处。

智者说:有多大气量成多大才;
志者说:有多大胆量成多大事。

智者用智慧装点美丽,
志者用意志打磨魅力。

聪明的人学会三思,

聪慧的人懂得精思，
智慧的人多有妙思。

庸人满腹牢骚，都是小过结；
志者满眼风物，都是大目标。

班门弄斧，是愚者的无知；
程门立雪，是志者的虔诚。

小题大做，是愚者的愚弄；
以小见大，是智者的智识。

自卑者，人必贱之，故不可为；
自贱者，人亦轻之，故不可效。

无奈的人无所适从，
无聊的人无病呻吟，
无为的人无足轻重。

搬起石头砸自己脚的，是愚者的失手；
搬起石头垫自己脚的，是聪明的高手。

在不该让步时一再让步的是弱者，
在该让步时却死不让步的是愚者。

所有的学者都曾经无知，所以无知本身并不可怕，可怕的是不知无知；

所有的智者都曾经幼稚，所以幼稚本身并不可悲，可悲的是无视幼稚。

人最好的记性，大多是留在伤口愈合处。

太在乎别人是否在意自己的人，是一种浅薄；
不在意别人是否在乎自己的人，是一种成熟。

没主意的人，容易被人操控；
有主见的人，能够自我掌控。

偏听之人，必失其聪，故心则暗；
兼听之人，必善其从，故心自明。

对那些我们欣赏的人，情投意合最好；

对那些欣赏我们的人，自作多情不好。

鼠肚鸡肠是指人的肚量，形容气量小；
龙腾虎跃是说人的威势，形容气势大。

气量小的人，小处着眼，很难以小见大；
度量大的人，大处着想，自然有容乃大。

有正气的人正义，总会修成正果；
带邪气的人邪恶，必然走上邪路。

人只有学会不与他人生气，才会讲和气；
人只有懂得不与自己赌气，才会长志气。

人泄气，是因为没志气；
人晦气，是因为不争气；
人生气，是因为爱赌气。

无知使人恼怒，故恼怒时要控制，千万不可老羞成怒；

幼稚使人愤怒，故愤怒时要克制，千万不可横眉怒目。

人生气,有时是因为被错怪;
人发怒,有时是因为被戳穿。

人有时失落,但不可失意;
人有时失常,但不可失态;
人有时失察,但不可失策;
人有时失时,但不可失势。

人难免丧气,但决不能丧志;
人难免失态,但决不能变态。

宽人者人亦宽之,爱人者人亦爱之;
损人者人亦损之,恶人者人亦恶之。

有时只有说真话的人,才会被真话感动;
有时习惯说假话的人,也会被假话蒙骗。

奇迹的出现,是由于人的奇思;
劣迹的存在,是因为人的劣根。

有两种人，永远难有广阔的视野：
要么不放眼，只盯着别人的鼻尖；
要么不抬头，只看着自己的脚尖。

正像故步自封的人不会阔步前行，
作茧自缚的人又怎么会破茧成蝶！

不自信的人，容易迷失自我；
太自信的人，容易质疑他人。

自傲者一定偏执，
自负者必然固执，
自卑者执无所执。

怀才不遇者，易孤高；
文过饰非者，易诡诈；
为富不仁者，易仇妒；
居功自傲者，易骄纵。

做人烦，有时是因为心思太乱；

做人累，有时是因为欲望太多。

一个人的无知，在于无视自己的渺小；
一个人的幼稚，在于歧视他人的弱小。

为什么有的人一知半解，是因为满足于断章取义；
为什么有的人断章取义，是因为习惯于浅尝辄止。

人的重大缺陷，有些是在锋芒毕露时才暴露无遗的。

对有些事，不认可大多是因为志不同；
对有的人，不认同完全是由于道不合。

愿听赞美不屑批评的虚荣，是自己出了问题；
只会赞美不敢批评的虚伪，是别人出了问题。

人在旅途，缺乏情趣，是因为不知趣；
人在征途，没有志趣，是由于不识趣。

有些人不可思议，是因为无所不为；
有些人不可理喻，是由于无所作为。

记忆力太强的，有时疏于思辨，故大多与“哲人”无缘。

城府深，在有的人身上表现为深谋远虑；
城府太深，在有的人身上则表现为老谋深算。

做人无须刻意，本真就好；
处世不必蓄意，自然就好。
否则，处心积虑，往往事与愿违。

人品讲究格调：
高调不宜，跑调不好；
老调无趣，没调乏味；
只有低调，才是智慧。

自卑自贱者自惭形秽，
自恃自傲者自以为是，

自吹自擂者自鸣得意，
自私自利者自食其果。

花非花的是雪，
雾非雾的是气，
人非人的是鬼。

有时事由心而生，所以想事要问心无愧；
有时事由情而发，所以做事要通情达理。

事有事理，故激浊而后方可扬清；
情有情愫，故激昂而后方可慷慨。

有为是什么？谋事、干事、成事；
有不为是什么？无欲、无挂、无碍。

遇事不慌，从容应对即可；
处事不乱，忙里偷闲亦佳。

干实事，首先要有实心眼，然后才会见实效；
干大事，首先是有大志向，然后才会成大器。

急事从缓，要沉得住气，才不会忙中出错；
难事从容，要压得住阵，才可以稳操胜券。

对待有些事情，
光要求认真还不够，而必须是较真，
这样才会不仅做成，而且可以做好。

要想把好事做好，得下真功夫；
要想把大事做大，得有硬功夫。

如何把事做好，出发点当然重要，但立足点更为关键；

怎样把事做成，着眼点当然重要，但支撑点更为关键。

天下事既然了犹未了，
那么大事化小、小事化了，
有时不失为解决难题的一记妙招。

对无关痛痒的事，一般的态度是不予理睬；

对无伤大雅的事,一般的态度是不置可否。

为学,有多少学问,就长多少见识;
做事,见多大世面,就有多大胆识。

做别人不屑做和做别人不敢做的事,有时往往是同一个人。

心思缜密,但切不该缩手缩脚;
办事严谨,但决不能畏首畏尾。

“和”所以为贵,是因为凡事“和”则平顺;
“忍”所以为高,是由于凡事“忍”则容让。

已经做过的事,得失不再计较;
正在做着的事,成败必须较真。

好话要好说,实话要实说,但实话比好话更值得珍惜;
好事要做好,实事要做实,但实事比好事更值得珍重。

不想说的话不说，为了自在；
不该做的事不做，难得自为。

话有对错，旁听的人自有评论；
事有好坏，旁观的人自有评定。

事有对错，能当下辨别出的是心明；
物有好坏，能一眼识别出的是眼亮。

对有些事情，比如是与非，不以为然不对；
对有些事情，比如对和错，想当然也不好。

不堪设想的事，有时更耐人寻味；
不堪回首的事，有些更值得反省。

一个人或一下子就能说清的事物总觉得不够味，
而那些众人说来说去终于说清的事物才有滋味。

事物的悖论有时是:

欣赏你的人越多,质疑你的人也随之增多。

国事家事,认真做事:

公事公平做,好事好心做,大事大家做,小事小心做……

把小事当大事办的,有两种情况:

一是会办事的以小见大,一是不会办事的小题大做。

小事不计较,做优秀的自己就好;

大事不比较,做成功的自己就好。

小事尽责,能举轻若重最好;

大事尽力,能举重若轻最好。

从谏如流者,小事可办成大事;

执迷偏见者,成事能变成败事。

一般情况下,我们用事说事,说不对一定有悖事理；

通常情况下，我们将心比心，比得好肯定通情达理。

事物的因果有时是：

你比我想象的可敬，我比你想象的可亲。

掩饰有时是把错误的事物，用正确人为地加以伪装；

粉饰有时是把丑陋的事物，用美好人为地加以乔装。

小事要认真，才会做好；

大事要较真，才能办成。

无论大事小事，能干的不如不干的，令人匪夷所思；

不管急事难事，巧干的不如蛮干的，岂非咄咄怪事。

与理，敢较真的，“真”才不会掺假；

对事，不较劲的，“劲”就难以给力。

凡事输了的，要重视结果，这样教训才会成为老师；

凡事赢了的，要注重过程，这样经验才会成为财富。

一劳永逸的事难求，功亏一篑的事时有；

一本万利的事难求，一败涂地的事时有。

不称心的事，不堵心就好；

不如意的事，不失意就好；

不顺眼的事，不碍眼就好。

正确的事理，希望了解，就怕误解；

错误的事理，希望开导，就怕误导。

凡事反常的，其使人反感的是反复无常；

凡事异常的，其令人诧异的是不同寻常。

想挑事的，最直接的做法是把简单问题复杂

化；

想了事的，最有效的办法是把复杂问题简单化。

本事多的人受累也多，事在必然；
本事大的人质疑也大，事属自然。

话一出口，总是离谱，问题大多出在思路；
事一上手，总是失误，问题一般出在心路。

有干不完的正事，有说不完的好话，有操不完的热心；
哪有闲时管闲事，哪有闲空说闲话，哪有闲心生闲气。

有事说事，说清楚了才能够理解；
有理讲理，讲明白了才不会误解。

理所以要辩说，是因为不被认同；
事所以要辨析，是因为不被认可。

一再解释的事物,值得怀疑;
再三辩解的事物,必须质疑。

轻率褒贬别人所为之事,十分容易;
自己亲历别人所为之事,才知难易。

怨天尤人,不愿承担,遇事一定寸步难行;
没有责任,不敢担当,做事一定一事无成。

成事难,有的是不愿意“忍”;
事难成,有的是不懂得“容”;
难成事,有的是不甘心“让”。

脸皮薄的难成大事,
脸皮厚的难成好事,
没脸皮的则成事不足败事有余。

有些事,如果自己不能做,就不要蛮干;
有些事,如果别人不愿做,就不要强求。

凡事难遂愿者,一定是没有尽心竭力;

凡事与愿违者,一定是没有竭尽全力。

不会做事的人,可以耳提面命;
不屑做事的人,谁也无计可施。

无事随时都会惹事的人,是命薄;
无非随时都会生非的人,是福浅。

有许多人和事,我们所以认同赞许,
并非因为执着,而首先是因为值得。

对身边的许多人和事,
我们有时自作多情当然不对,
但反过来又故作无情更是错上加错。

所有刚的,虽然强,但容易折;
一般柔的,虽然弱,但反而韧。
故处人做事,刚柔并济为佳,以柔克刚为上。

做人能在有疑处不疑,方可随缘、随心、随性;
处事能在有疑处不疑,方可淡然、泰然、释然。

责己不责人，方为君子；
论事不论人，方为绅士。

做人，心里想什么，怕的是没调；
做事，嘴里说什么，怕的是离谱。

肚量大的，可以容人；
气量大的，可以成事；
力量大的，可以助人；
胆量大的，可以谋事。

交友，要能坦诚；
处事，要善沟通；
做人，要知感恩。

待人，要和而能顺；
接物，要顺而能通；
处事，要通而能融。

养心要和气不生气，怡情要喜气不怒气；

为人要大气不小气，处事要义气不怄气。

做人，为了低调而低调，徒有虚名；
做事，为了高调而低调，实为虚伪。

过忧的人，难有快乐；
多虑的人，难成大事。

话不说尽的人，是为自己留有余地；
事不做绝的人，是为自己留有退路。

处人之道：相交以真，相知以诚；
处世之道：做事不急功近利，做人不居功自傲。

为人，痴而呆难处；
做事，痴而愚难成；
读书，痴而迷难得；
写作，痴而执难求。

以貌取人不若以事观人，因为“貌”只是外相而已；

以事观人不若以心识人，因为“事”只是表象而已。

待人惯于一意孤行，久了会成为孤家寡人；
处事只凭一己之见，久了会变得孤陋寡闻。

做人有时要胆大，但胆大不可包天；
做事有时需胆大，但胆大不可妄为。

为人，不责小过，不念旧怨，方可有大志；
处事，不计得失，不论功过，方可成大器。

事实胜于雄辩，所以做事不能马虎草率；
身教重于言教，所以做人必须率先垂范。

干事，敢作敢为很好，就怕胡吹；
做人，精思精虑很好，就怕多疑。

专注而不专断，如此做事难得；
专一而不专横，如此做人难求。

做事懂得双赢，才可望成事；
做人懂得感恩，才不枉为人。

有的钟情天地合一，
有的钟情天人合一，
但最钟情的应该是天地人的合一。

物我难分是：
物是物时，只要淡然，我则不以物喜；
我是我时，只要豁然，物亦不以我贵。

愿望，是心中美好的愿景；
愿景，是眼前美丽的风景。

最美的风景：
身后有绚丽的背景，迎面是广阔的前景。

同样是走在弯路上，
只有乐观和自信的人，才会发现奇异的风光。

风景和风光在同一条路上，

风光和风险在彼此的身后。

美丽,是春天的笑容;
笑容,是心灵的阳光;
阳光,是生命的翅膀;
翅膀,是放飞的畅想。

有火种在,便可以与严寒抗争;
有光明在,便可以向黑暗宣战。

上善若水,水是智者,故被智者所乐;
大爱如山,山是仁者,故被仁者所乐。

山高人为峰:山再高,也是人脚下的坦途;
天高任鸟飞:天再高,也是鸟翼上的风景。

高是山的尊严,深是谷的自尊。
故山与谷相依为命,高与深互为依存。

水到渠成,顺其自然是常理;
水滴石穿,以柔克刚是真理。

瓜熟蒂落，是自然而然；
水落石出，是然其自然。

勤奋播下的种子，明天即会发芽；
懒惰伸出的枝叶，当天就会枯萎。

苦难的种子也会开花，而且更鲜艳；
苦涩的种子也会结果，而且更香甜。

渔网的启示：
一是要想有得，必然有失；
二是必须先舍，而后才有所得；
三是只有舍该舍的，才会得能得的。

矛是用来戳穿假的，
盾是用来抵御恶的，
它们各为所用，很少自相矛盾。

蜡烛是光明之躯，但只有被火种点燃后才会驱走黑暗。

面对明镜，一般感性的人只认准了自己；
心镜自明，大多理性的人才会看清自己。

镜子只有完善自己后，才可以善待他人。

吹牛，即使吹破天，也不会牛起来的。

吹牛的人，是想比牛还牛；
拍马的人，是想骑在马上。

呆若木鸡和专心致志的表象只是形似，
其真正的差异在神：
前者呆滞，后者专注。

无论照猫画虎，还是依葫芦画瓢，即使再像，也难以乱真。

同是鼓掌，喝彩是因为感动，喝倒彩是为了起哄。

图钱不是前途，可谓人所共知；
只有这样，才不至于误入歧途。

“清水出芙蓉”，无疑是一种纯美；
“淡妆浓抹总相宜”，相比是一种更美。

知书达理，达理可以悟道；
通情达理，达理可以悟性。

艺高人胆大，说的有道理；
胆大不妄为，说的是真理。

我们有时理直气壮，是因为能明白道理，能懂得事理；

我们有时理所当然，是由于能通晓情理，能调适心理。

有口难辩，有的是有理说不出，并非理屈词穷；
有苦难言，有的是无奈不能说，并非没有苦衷。

话不说不知，故当说的话一定要明说；

理不辩不明,但难辩的理不一定强辩。

俗话说:有理走遍天下,无理寸步难行。

但,不会说理有的是嘴笨,不敢说理有的是心虚,不屑说理有的是负气,都不足取。

不切实际,再美的美梦也是虚幻;

不合情理,再美的美意也是虚妄。

道能以理服人,所以有理走遍天下;

事要以实为据,因为事实胜于雄辩。

理屈的才狡辩,辩释是为了掩饰;

无理的才诡辩,辩白是为了掩盖。

风再暴,雨再骤,只要意志坚,脚下的大路就越走越长;

日有光,月有明,只要心情好,眼前的美景就越看越爽。

启程,出发之时,我们计较的是起步的早晚;

征程,一旦上路,我们注重的是脚步的快慢。

山路十八弯:
一弯有一弯的风光,一弯有一弯的景致。
事实的结论是:
没有蜿蜒曲折,哪来得风光和景致!

要上山,就要准备爬坡,即使是蜿蜒小道;
要登顶,就得准备攀岩,哪怕是悬崖绝壁。

路在自己脚下,怕什么庸人指指点点;
一旦步入迷津,却离不开高人的步步指引。

过河拆桥的,有一天总会掉进水里;
逢山开路的,每一步都在登峰造极。

再短的旅途,只要不是脚踏实地,也会半途而废;
再长的旅程,只要不是望而却步,就会前程远大。

前行路上，只要意志顽强，困难也会退缩；
跋涉途中，只要信念坚定，危难也会低头。

在前行路上，盲目的必然盲从；
在跋涉途中，敢想的才会敢闯。

有时我们总罩在别人迷惘的阴影里，是由于自己首先迷失了心路的目标。

无路可走时，才可能另辟蹊径；
无路可退时，才可能绝处逢生。

一路前行，但不能只知向前看，
有时瞻前顾后才可能少走弯路，有时左顾右盼才可能不走歧路。

道路是否正确，关键是方向，这其中包括：
少走弯路，不走歧路，更不该背道而驰。

地上的路叫旱路，河上的路叫水路，水旱码头是它们约会的地方。

少年时看路，路在前方；
青年时赶路，路在脚下；
老年时想路，路在心中。

什么是远行？是把不长的路越走越长；
什么是开拓？是把不宽的路越走越宽。

从独木桥上走过的人再多，永远也成不了阳关道。

把好走的路走好，不算好汉；
把难走的路走完，才是英雄。

成功者所以一再成功，是因为志存高远；
失败者所以再三失败，是因为好高骛远。

做人成功，做事成功是迟早的事；
做人失败，做事失败是必然的事。

成功时切不可骄傲，因为山外还有青山；

胜利后更不该骄纵,因为楼外还有高楼。

只有毅力的顽强,才使我们一次次远离失败;
只有意志的坚定,才使我们一次次走向成功。

成功,有时就是失败的转身;
失败,有时则是成功的翻脸。

成败各自的功过在于:
前者从不居功自恃,后者一再错失良机。

贪图安逸的好逸恶劳,所以有的人往往失败;
发愤图强的愤进拼搏,所以有些人一再成功。

虽成功而能慎行者,可能获得更大成功;
虽失败而能善思者,可能避免再次失败。

赢在拐点的成功让人叹服,
输在起点的失败令有遗憾。

只有能够正视失败和敢于挑战命运的人,才可以笑对成功。

失败时垂头丧气和成功后趾高气扬者的异同:
前者很难成功,后者难再成功。

有失败的勇气,才有成功的志气;
有得到的淡然,才有失去的释然。

成才与智识相关,
成熟与智能相关,
成功与智慧相关。

我们渴望成长,因为青春易逝;
我们渴望成才,因为人生难得;
我们渴望成功,因为生命短暂。

能在困惑中懂事的,在困顿中一定长大;
能在困扰中成熟的,在困厄中注定成功。

成功必须自为,才是最佳状态;
创新要能自在,才是最高境界。

所以追求成功,是因为势在必行;
何以最终成功,是因为志在必得。

意志笃定,并能坚守的人,信念不会改变;
毅力顽强,并能抗争的人,追求永不懈怠;
义无反顾,并敢挑战的人,成功就在眼前。

在偶然成功的面前要清醒,
在自然成功的面前要冷静,
在欣然成功的面前要淡定。

能视困难为朋友的,成功不在话下;
能把挫折当老师的,成功就在当下。

居功不自傲,自会功成身退;
无功不受禄,决不好大喜功。

不轻言败的人,要诀有二:
一是从不抱怨,二是永不放弃;
永不放弃的人,原则有二:

一是任劳任怨,二是能屈能伸。

可以曾经失败,但当下决不言败;
做事难免失败,但做人不轻言败。

多数失败,是败颓于自卑和无所作为;
有些失败,是败溃于骄纵和无所不为。

失败后觉得抬不起头的,即使偶有成功,也不会挺起胸膛。

成功馈赠人生的启悟之一:
既然绝处可以逢生,穷途未必就是末路。

无论谁自甘默认无为和承认无能,
这时其实他早已经是个失败者了。

“失败是成功之母”所以能成为一句箴言,因为它告诉我们:

对于志者和智者,有些挫折,甚至厄运,恰恰是人生的转机。

与创造的成功在一起,思想便展翅高翔;
与创新的成就在一起,精神便闪烁光芒。

创造既要敢想,还得敢干:
敢想则必须有科学的思维,
敢干则必须有成功的实践。

创新,有的是蜕变,有的是嬗变;
独创,有时是智化,有时是悟化。

创造就要创新,创新贵在独创,而独创往往需要另辟蹊径。

见识是心灵的见地,
主见是精神的主宰。

想象力就是思想不经意间的随处游走,
创造力就是想象不经意间的随时积淀。

想象力取决于想象者的生活阅历和思维张力,

创造力取决于创造者的人生历练和智慧潜力。

创造力被认可,既需要超凡的鉴赏力,更需要脱俗的洞察力。

有人说:知识就是力量,那是在知识成为了智识之后;

有人说:智识就是智能,那是在智识成为了智慧之后。

智能三境界:
博古通今者为初境,
触类旁通者为中境,
融会贯通者为上境。

知识就是力量,其贵在点滴积累;
知识改变命运,其难在融会贯通。

知识首先是一种认知,形成能力后才是真正的力量。

胆识和意志化而为一，才有非凡的力量；
智慧和信念化而为一，才有超凡的能量。

智力，有时是一种能力；
能力，有时是一种活力；
活力，有时是一种魄力；
魄力，有时是一种魅力。

能用知识拓展知识的，知识是学识的影子；
能用学识获取学识的，学识是学养的影子。

掌握知识，能融会的只是聪颖；
运用智识，能融通的才是聪慧。

二十岁前，用知识充实知识；
四十岁时，用经验积累经验；
六十岁后，用智慧沉淀智慧。

有学识，然后才会有见识；
有见识，然后方可有卓识。

自知者敲开的是聪慧之门,
自悟者跨入的是智慧之门。

智识有多有少,无多无少,当然越多越好;
觉悟有早有晚,无早无晚,当然越早越好。

名师,可以指点成才路上的迷津;
高师,可以指正成功路上的偏执。

有知识的人的话要听,当下受益;
有智慧的人的话常听,受益终身。

智慧是闪光,它可以照亮迷途;
智能有灵光,它总能找到出口。

自省的人聪明,自察的人聪颖;
自觉的人聪灵,自悟的人聪慧。

机智,大多是人生瞬间的灵感;
智慧,是生命无时不在的灵性。

人才在于勤勉，所以要点滴积累；
天才在于勤奋，所以需日积月累。

有时人才的匪夷所思，是发现之窗；
有时天才的异想天开，是创造之门。

创造，能从无到有的是人才；
创新，能无中生有的是奇才。

居功自傲的，难成功业；
恃才傲物的，难成人才。

学问学问，又学又问，方可探深入微；
学习学习，先学后习，方可温故知新。

学以致用，是善学；
知行合一，是笃行；
善学笃行，终而有成。

回答问题的水平，可以测试出一个人的学识；
提出问题的水平，能够考量出一个人的学养。

成也萧何，败也萧何，关键在于识人品；
水亦载舟，水亦覆舟，关键在于识水性。

自以为是，永远不会发现自己的不足，
自不量力，永远不会清醒自己的糊涂。

困难磨炼人的意志，
挫折挑战人的勇气，
失败考验人的信念。

真正的富足，是对得的释然；
真正的知足，是对失的漠然。

为得到不该得到的东西而高兴，其实是作茧自缚；

为失去本该失去的东西而扫兴，其实是庸人自扰。

拥有时忽略珍惜，不该；
失去时才知惋惜，活该！

得失越计较，越感到失落；

尊卑越攀比，越觉得卑微。

有时，低头才可以有所发现，故不是所有的低头都是失尊；

有时，弯腰才可以顺手俯拾，故不是所有的弯腰都是屈尊。

被崇敬的崇高，是高尚；

被尊敬的尊严，是自尊。

“对”和“错”是最简单也是最重要的判断，

但人生要想只对不错绝非易事，甚至是不可能的。

错就错了，耿耿于怀无济于事，

而要学会释怀有三点不可忽略：

一是要知道错在哪里，

二是要明白为什么会错，

三是要想想什么才是对的。

错与错有时不同：

有的可以将错就错，有的可能一错再错。

没有过错绝不可能，偶尔错过在所难免；

庆幸的是，有时错过的正是可能的过错。

将计就计，其“就”决非迁就，而是顺势为之；

将错就错，其“就”亦非屈就，而是依事为之。

有错并不可怕，

可怕的是知错不改，一错再错，错上加错。

所谓错误，是说因错而误；

所谓错乱，是说因错而乱；

所谓过错，是说因过而错；

所谓差错，是说因差而错。

总之，有时过错则是因为错过，有时错过本身就是过错。

功过相比，居功自傲当然不对，而文过饰非则错上加错；

恩怨相较，怨天尤人当然不对，而恩将仇报则大错特错。

错就是错，对就是对，不可否认，做到了就是公允；

是就是是，非就是非，不容颠倒，做到了就是公正。

从谏如流，可以明辨是非；
从善如流，可以不计得失。

对自己的“是”，要不说，宜谦而逊；
对别人的“非”，要不论，宜宽而容。

不能分辨是非的，必遭非议；
不能权衡利弊的，多有弊端。

是黑还是白，黑白自然分明；
是明还是暗，明暗互为光影；
是真还是假，真假并不难分；

是是还是非,是非自有公论。

不当说的不说,闲话说多了,烦恼会找上门来;
不当管的少管,闲事管多了,是非会惹上身来。

面对是非而不争者,是因为自尊和自爱;
面对毁誉而不辨者,是由于自信和自为。

没有自信,容易自卑,何谈自立;
没有自尊,容易自贱,何谈自为。

由自卑而自信,靠的是自强;
由自卑而自尊,凭的是自爱。

坚持做自己而不被他人左右,
就能一往无前而不左右为难,
就会勇往直前而不左右摇摆。

能读懂别人不易,凡做到的是他觉;
能认清自己更难,凡做到的是自悟。

我们所以自信，是因为有胆量；
我们所以自立，是因为有能量；
我们所以自强，是因为有力量。

矢志不渝，就是能把自己认定的事坚持做到最好，
哪怕被他人反对，哪怕被时光和岁月遗忘。

不被他人的看法左右，才会活得自在；
不为他人的说法改变，才会活出自我。

他人的意见有时也很重要，但更多时候是自己有主见才最重要。

自省不是自责，而是严于律己；
包容不是纵容，而是宽以待人。

在痛苦中找回自信的，痛苦便会成为坚强；
在挫折中找回信念的，挫折便会成为力量。

身不由己，有时是被他人驱使；

心不由己,有时是被他人诱使。

自知之明,最是高明;
刚愎自用,最是无用。

自爱和自恋相比,
前者更多的是指人格的完善,后者更多的是说性格的缺失。

自卑者自悲,
自恋者自怜,
自尊者自重。

宽厚者宽容,
诚信者诚实,
贤良者贤淑,
仁慈者仁爱。

独断的人独行,专断的人专横;
果断的人果敢,善断的人善从。

“勇”是懿行，但需智勇双全才是真英勇；
“义”是美德，但需仁义同在才是真仗义。

强者的贫困，贫困是成功的财富；
弱者的贫贱，贫贱是成长的伤口。

举步维艰时，弱者和强者的区别：
前者寸步不前，后者勇往直前。

志者和庸者的区别：
前者虽然偶有所失，但一定会失而复得；
后者虽然偶有所成，但很难有成竹在胸。

志者给自己留后路，有时是为了后来居上；
智者给自己留退路，有时是为了以退为进。

面对险情，勇士敢于孤注一掷；
身临绝境，壮士敢于破釜沉舟。

智者与愚者的一大不同：
愚者所想的，智者早已说过；

愚者所说的,智者早已做过。

智者和愚者的区别之一:
前者可以将错就错,后者总是以错对错。

小题大做,是愚者的愚昧;
以小见大,是智者的智见。

该放的一再放下,是智者的智慧;
该舍的从不舍弃,是愚者的愚昧。

取巧是愚者的拙技,
藏拙是智者的妙招。

难得糊涂,是智者的大彻;
吃亏是福,是觉者的大悟。

愚者守株待兔,庸者坐以待毙;
智者以逸待劳,志者蓄势待发。

志向是志者的矢志,

勇气是勇者的忠勇，
智慧是智者的睿智。

舍弃，有时是选择中最智慧的，因为它是另一种得到。

决不好高骛远，这是智者的智聪；
从不好大喜功，这是仁者的仁德。

技巧的最高层次是大巧若拙，
智慧的最高境界是大智若愚。

贤者有时审视别人，是在反观自己；
智者有时观察别人，是在反省自己。

愚蠢的愚昧，除了自身愚笨而外，更多的时候是被别人愚弄。

“傻帽”，有的是傻瓜，有的是傻蛋……
总之，一句话概括：有头没脑。

一想问题就出纰漏，是思路不清；
一说事情就出偏岔，是思绪混乱。

光有行动，缺乏思想，不会走得太远；
光有想法，不去行动，只会原地踏步。

有主见者，方可有见识；
有成见者，必然无见地。

发现问题，要细心观察；
提出问题，要潜心思考；
解决问题，要精心研究。

在困难面前，傲气十足，不失为一种气场；
在厄运面前，霸气十足，不失为一种气势。

越想回避问题，问题逼得越紧，不如正视；
越想逃避问题，问题缠得越死，何不面对。

问题有大有小，
但对大问题处理得急时没啥大不了，

而对小问题一味拖拉则会成为老大难。

问题所以拖着,是因为原本就没准备解决;
矛盾所以捂着,是因为从来就没准备正视。

回避困难,困难依旧困难,与此相反,困难害怕蔑视,因此而变得渺小;
逃避困难,困难倍加困难,与此相反,困难惧怕挑战,因此而变得弱小。

能知足的人,也是知趣的人;
能无求的人,也是无忧的人。

真正的富有,是知足而又知不足;
真正的贫贱,是无为而又无所为。

贫和贫相比,出发点如果正确,其结果是比下有余,越比越释然;
富与富攀比,出发点一旦错了,其结果是比上不足,越比越贪婪。

与多比,比上越比越不足,结果自讨无趣;
与少比,比下越比越富有,结果自得其乐。

愿吃苦的,苦却不觉苦恼;
能耐劳的,劳而不觉劳累。

能吃苦的苦尽甘来,
不耐劳的劳而无功。

只有坚持,当苦到一定程度时,才会苦尽甘来;
只要坚强,当痛到一定程度后,则会痛定思痛。

同心协力的,必能同仇敌忾;
同甘共苦的,难得同舟共济;
同室操戈的,大多同归于尽。

不怕有苦吃不消,因为苦尽甘来;
就怕有福享不了,因为祸福相依。

志者的脚下,天涯不过咫尺;
庸者的前路,咫尺如若天涯。

道有正道、斜道，不同道上走的人各有所谋；
路有大路、小路，不同路上走的人各有所图。

走路，近视不好，因为容易看不清目标；
赶路，远视不好，因为容易偏离了方向。

该受的累受了，该吃的苦吃了，就一定会享该享的福；
该走的路走了，该爬的山爬了，就一定会赏该赏的景。

抬头的不都是唱高调，有时仰望天空是为了放大眼界；
低头的不都是发牢骚，有时俯瞰前路是为了脚踏实地。

忍耐作为一种坚守，是定力；
忍耐作为一种坚持，是功力。

忍，有时为高，可以避害；

忍,有时是妙,可以化灾。

既然忍是甘愿把刀锋悬在自己的心尖上,
那么有时就需要忍气吞声,有时还必须忍辱负重。

肚量与谦让相关,
胆量与容让相关,
力量与忍让相关。

顺境中从不得意和逆境中决不放弃的往往是同一个人。

顺境中,要把好光景越过越好;
困境中,要把苦日子慢慢过好。

顺风顺水时,会顺势而上的,是借势而为;
逆向逆行时,能逆势而进的,是趁势而为。

顺流而下,是顺其自然;
逆流而上,是然其不然。

天空知道，只有丰满的羽毛，才会振翅高翔；
大地知道，只有坚实的步履，才会昂首远行。

就像选错了对象不会有真正的朋友一样，

无论谁一旦选错了方向，便永远不会走在前行的路上。

“沉默是金”，哲人的箴言要谨记；
“言多语失”，长者的老话不该忘。

说者，脏话要不出口，不然会有失口德；
听者，秽语可不入心，不然会有伤心智。

先有疑，后有问，故多疑必须多问；
言必行，行必果，故践言更要践行。

肯干还得苦干，敢干不能蛮干；
能说还得会说，想说不能胡说。

饥不择食时，要谨防病从口入；

慌不择言时，要谨防祸从口出。

话，一定要想好了才说。
因为，有时是祸从口出，
所以既不该信口开河，更不能口不择言。

口无遮拦作为一种率性，
有时表现出的是坦率，但更多时候则是轻率。

好吃难消化的东西不吃，
好来不好去的财物不受，
好听不中听的奉承不听。

争论不休，有时只是一种无奈；
争吵不止，干脆就是一种无聊。

言过其实是以另一副面孔呈现的言不由衷。

话柄一旦被人抓住，还好玩吗？还会笑出声来吗？
所以，笑话轻易说不得，玩笑随易开不得。

话多还只是一种坏毛病,话痨则是一种顽疾。

赌咒发多了,便成为魔咒;
恶誓发多了,便成了毒誓。

由朴实渐入世俗,往往不知不觉;
由世俗返璞归真,难得后知后觉。

一时无聊难免,一世无奈难堪;
一时世俗难免,一生俗世难办。

置身世俗,被迷醉的是不幸;
面对诱惑,被迷倒的是大不幸。

城府不宜太深,太深则索然无趣;
世故不宜太俗,太俗则黯然失神。

雅俗共赏,雅不只是原本的高雅,俗不再是通常的世俗。

享有荣誉和占有荣誉的区别:
前者是长久的声望,后者是一时的名声。

好名声久了,才会成为名望;
好名望久了,才会成为名誉;
好名誉久了,才会成为荣誉。

只有当名声成为声望时,才会经久;
只有当声望成为威望时,才会不衰。

能顶住多大的诋毁,才会赢得多大的赞誉。

拥有荣誉的当然光荣,保持荣誉的才更有信誉。

宁为玉碎,不为瓦全,是气节;
宁负自己,不负他人,是名节。

逢人誉之,千万别认真,一笑了之最妙;
遭人毁之,千万别当真,置之一笑最好。

我们有时低头，是为了把头抬得更高；
我们有时弯腰，是为了把腰挺得更直。

所有挺直的脊梁，都是与各种压力抗衡的结果。

观坚定，在坎坷时；
观镇定，在危急时；
观淡定，在失势时。

大义凛然，“凛然”是大义的义气；
大气磅礴，“磅礴”是大气的气势。

身处困境，只要沉得住气，就不会迷失方向；
身陷危境，只要压得住阵，就不会乱了方寸。

有正确的辨识力，才会有清醒的选择；
有准确的判断力，才会有果敢的抉择。

不畏艰险，必须有胆有识；
敢于冒险，必须有勇有谋。

破釜沉舟的奇迹是绝处逢生，
出奇制胜的胜迹是化险为夷。

勿以强势而施威，勿以胆大而妄为，
强弱和大小都互为因果。

养精蓄锐，一般是为了蓄势待发；
以曲求伸，有时是为了曲径通幽。

能高能低，一般是低成就高；
可进可退，有时宜以退为进。

善知人长的，肯定愿克己之短；
能克己短的，一定善学人之长。

会用眼观察的是聪明，
善用心洞察的是精明，
能切身体察的是高明。

不与富人比贫富，能洁身自好即可；

不与高人争高下,有自知之明即可。

一就是一,所以要说一不二;

一不是一,所以能举一反三。

做不了第一,就做唯一好了。

因为,第一永远只有一个,而唯一却各有各的奇特。

改变难以改变的,不要强人所难;

改善无法改善的,应当勉为其难;

改正必须改正的,哪怕难上加难。

动静皆宜最好,能依势做到以静制动更好;

进退有度最好,能蓄势做到以退为进更好。

凡率先垂范的,无不服众;

凡身先士卒的,则可率部。

想拥抱就要伸出双臂,

想拥有就要放开双手。

不胡思乱想,则心无烦恼;
不胡作非为,则身无灾祸。

流血的伤口是切肤之痛,
不流血的创伤是彻骨之痛。

都说距离产生美,一点不错;
而最适度的距离,产生最美。

有时柔不是弱,滴水穿石就是佐证;
有时慢不是笨,铁杵成针就是实证。

自在是不想干什么时便不干什么,
自为是在该干什么时就去干什么。

最重的轻,是举重若轻的“轻”;
最轻的重,是举轻若重的“重”。

首先学会认同,
然后才可以做到求同存异,才可能做到和而不同。

走一步,停一步,是不思进取;
走一步,算一步,是得过且过;
走一步,想两步,是未雨绸缪。

无欲不一定无求,
无求不一定无望,
无望不一定无为。

当无可选择时,只能孤注一掷;
当选择太多时,不妨从善如流。

取长补短,关键要善于取长;
扬长避短,关键是长于避短。

有时大惊小怪,是因为见识浅薄;
有时见怪不怪,是由于阅历丰富。

一般的批评,点中错误的穴位即可;
深刻的批判,点中谬误的穴道才行。

对严苛的批评，要以诚恳的态度容纳；
对苛刻的劝谏，要以谦恭的态度采纳。

因果各有报应，怨不得天；
因缘各有所随，尤什么人！

形象与象形，说的是两码事；
形似与神似，指的是两种境界。

“自赞毁他”，必遭他毁，赞又何益？
“谦己美人”，必得人美，谦有何卑！

教条是认知的死结，
机变是行为的活扣。

纠偏的办法有的是校正，
校正的目的有时是改进，
改进的效果有些是革新。

古语云：知己知彼，百战不殆。

这其中,知己要无所不知,知彼要知所不知。

忏悔和懊悔的不同:
前者被包容者宽容,后者被蔑视者轻蔑。

骄傲和谦虚从不谋面,它们的区别在于:
前者好大喜功,后者闻过窃喜。

功到自然成,或者说天道酬勤,
一是由于工夫的持恒,二是由于心力的持久。

只知是什么,不知为什么,
所以既不能鲁莽从事,更不能简单了事。

浪迹是什么?既没有所向,又不知所归;
浪漫是什么?既怡然在怡然中,又陶醉在陶醉里。

一时无奈,一时可叹;
一日无聊,一日可惜;
一生无为,一生可悲。

年轻气盛,气非志气,故不可助长;
恃才傲物,才非真才,故不被敬畏。

太刚强者刚愎,故不可取;
太逞强者逞能,故不可为。

表扬一旦失真,便会显出虚假;
赞赏一旦过头,更会显得虚伪。

有许多好奇,是因为诱惑;
有一些好胜,是因为蛊惑。

因为期望,所以我们有时不得不期待;
因为奢望,所以我们最后必然是绝望。

渴求,希望一再失望才感到无望;
妄求,奢望一再无望便成为绝望。

偷懒一般是懒惰,其表现的共性是好逸恶劳;
偷闲有时是休闲,其体现的个性是以逸待劳。

纸上谈兵是虚拟，
画饼充饥是自欺，
按图索骥是妄为。

无知可能被欺骗，
无能容易被愚弄，
无为必然被轻蔑。

贪大和贪小都不足取，它们的不同在于：
小而无当会越陷越深，大而无当会后患无穷。

一夜暴富，可以说发迹，但还不能算富有；
一蹴而就，可以算有成，但还远不是成器。

因为一无所知，所以一无所长；
因为一无所长，所以一无所成；
因为一无所成，所以一无所有。

闭目塞听，时间久了，可能变得孤陋寡闻；
与世隔绝，时间久了，可能成为孤家寡人。

自卑,有时表现为心虚,故总长吁短叹;
孤傲,有时表现为气盛,故好自吹自擂。

一次放纵,可能后悔一阵;
一再放纵,必然毁掉一生。

来得容易,一般去得也容易,
所以真正地拥有,从不奢望轻易地得到。

一叶障目,鼠目寸光,
它们的共同之处是没有远见。

有人说,事业是为了真干的;
有人说,承诺是说了要算的。

不合时宜的时尚,有可能流行一时,但最终的必然是流产。

流行只要不感染,就不是流行病;
时尚只要不污染,就不是时弊。

小病只会影响一般人的心情，大病则会改变多数人的心态。

美容的一般分两类：
一是当下拥有美的，一是正在逝去美的。
前者是为了尽量延缓，后者是为了极力挽留。

两个人站得最近时，说明他们关系的是方位——面对面，还是背靠背。

嘴上总说别人小气的，其实自己从来就没有真正大度过。

火坑里挣扎的，多数是被推下去的；
欲壑里呻吟的，多数是自己跳下去的。

要想拥入光明的怀抱，穿越黑暗的隧道是必经之路。

一条道走到黑的人，必然碰壁；

一根筋拗到底的人，难有转机。

俗话说：没有免费的午餐；
事实是：如果一旦真的吃了，结果肯定是好吃难消化。

价格和价值的区别：
前者有价，后者无价。

如果你瞧不起别人，当然也很难有人瞧得上你——这就是骄傲的代价。

聪明反被聪明误，是聪明活生生埋葬了聪明本身。

一毛不拔和雁过拔毛的常常是同一个人。

黑与白共同喜欢的是它们的过渡色——灰色，而并非彼此。

消除误解的有效办法之一是换位思考，

提出主见的唯一有效办法是独立思考。

有的误解,是因为不被理解;
有时辩解,是因为怕被误解。

误解只有在理解的包容中才会和解,
曲解只有在谅解的宽容中方可化解。

误解了怎么办?只能用理解去化解;
误导了怎么办?只能用劝导去开导。

辩解,解释有时是为了掩饰;
诡辩,辩驳有时是为了掩盖。

精神家园

作为一种精神，
无私是奉献的左邻，
无畏是奉献的右舍，
而且它们经常串门。

作为一种精神，

无私是奉献的左邻，无畏是奉献的右舍，而且它们经常串门。

如果每个热血青年都把自己追求的精神变为火种，

然后再薪火相传，还怕时代不前进、社会不进步吗？

信仰是心灵的阳光，它崇尚崇高；
信念是精神的力量，它顽健顽强。

自然衰老的是颜容，
焕发青春的是生命，
卓然不朽的是精神。

作为一种信念和精神，

崇高不一定非在高处,崇敬则一定在心中。

渴望是心中的希望,渴求是路上的追求,

阔步前行而最终想要抵达远方的目标,就必须有坚定的信念和顽强的精神。

有梦想,只要不是只梦不想就好;

有追求,只要不是只追不求就好;

至于别人说“太大”,那是无心者的一时之说;

至于别人说“太多”,那是无意者的一己之见。

生命,不懈追求幸福;

人生,曾经拥有幸福;

生活,与人分享幸福。

我们收获幸福,有时恰恰是不幸播下的种子;

或者说不幸脱胎换骨之后,幸福才应运而生。

一个人,很难说清楚什么是幸福;

真正的幸福是:要么与他人分享幸福,要么为他人创造幸福。

面对幸福,感动是一时的,感恩则是一生的;
手握幸福,享有是一时的,拥有才是一生的。

追求幸福但不奢求幸福,是明智;
拥有幸福但不奢靡幸福,是理智。

多一次拥有,多一种富有;
多一次分享,多一重幸福。

获得幸福虽是人类追求的目标,
但拥有幸福后能与他人分享的,才是更大的幸福。

人生最大的幸福是:一路顺风,一生平安;
人生最大的不幸是:一事无成,一败涂地。

幸福有时来得太迟,是因为不可强求;
幸福有时走得太急,是由于难以挽留。

幸福是人人都追求和希望的,而现实是:

幸福之门大多是被推开的，而不是敲开的。

穷人比富人的幸福指数高，
其根本原因是前者容易知足，后者永不满足。

人的健康，当然离不开身心的滋养；
人的幸福，则更离不了精神的颐养。

当我们拥有快乐时，要懂得珍惜；
当我们拥有健康时，要懂得珍重；
当我们拥有幸福时，要懂得珍藏。

称心如意，既快乐又有幸；
追悔莫及，既痛苦又无奈。

自我的人独享快乐，
无我的人分享快乐，
忘我的人把快乐给别人。

坦诚，可以使人放松心情；
坦率，可以使人放大快乐。

快乐总是一时和短暂的，

故瞬间抓住的快乐让人兴奋，而来去匆匆的快乐使人落寞。

穷也好，富也好，快乐就好；

得也好，失也好，知足就好；

老也好，少也好，健康就好。

无多无少，快乐就好；

无贵无贱，健康就好；

无得无失，平安就好。

没有比达观更乐观的了，

没有比豁然更释然的了，

没有比平淡更平安的了。

由苦不堪言到苦尽甘来的全过程，是一本不薄不厚的励志小说。

在吃苦和享乐之间，

唯一正确的选择是甘苦共尝，而且一般是吃苦在前，享乐在后。

有时不得不以苦为乐，那就乐其所乐；
有时不得不苦中作乐，那就作其所作。

没有苦恼做佐料，
快乐的滋味怎么会浓，当然更不会别有兴味。

悲观的总是说痛苦，乐观的总是想快乐；
所以常常是：悲者自悲，乐者自乐。

拥有快乐时，让人觉得不想离开；
尝过痛苦后，让人觉得难以忘记。

快乐并忐忑着，还有什么快乐；
快乐并纠结着，还算什么快乐。

我们有时快乐，是因为轻松，但不能乐而忘忧；
我们有时慢乐，是由于放松，但不能乐不思蜀。

快乐不能失控，不然就会失真；
快乐不该失调，不然就会失效。

悠闲，要学会放慢节奏；
缓慢，要学会放松心情；
轻松，要学会放大快乐。

快乐再大再多也是一时的，学会享受快乐的最佳办法是慢乐。

苦当然不好，但可贵的是：
常忆苦思甜的，苦不觉苦；
能先苦后甜的，苦不怕苦。

只有困难一起肩扛，责任一起担当，才会彼此赞赏；

只有快乐共同拥有，幸福共同享有，才会相互欣赏。

有时困惑，但从未迷惑；
有时纠结，但从不郁结——

这便是思想者享有的惬意和快慰。

当激情融化时，它嬗变为诗人的诗情；
当理智沉淀后，它蜕变为哲人的哲思。

学问被视为学养，因为与一种优良的学风相关——不耻下问。

艺术，一再重复的只是技巧；
科学，完全颠覆的才是创新。

如果谁说钟情于艺术，或说热衷于艺术，
而艺术并不青睐他，那不过是附庸风雅。

艺无止境，能变瞬间为永恒的被称作大家；
学海无涯，能化腐朽为神奇的被尊为大师。

全是实，没有虚；
全是密，没有疏；
全是直，没有曲；
全是明，没有暗……

怎么会成为真正的艺术。

人才中有口皆碑的是奇才，由于出类拔萃，所以名不虚传；

人才中不被嫉妒的是庸才，因为无所作为，所以徒有虚名。

人才的素养，就知识而言，是书本和社会知识的综合；

人才的素质，就能力而言，是动脑和动手能力的结合。

书是用来读的，
经是需要讲的，
禅是最终悟的。

与书为友，以书识友，此书交友：
一本书，两本书，三本书，是爱书；
一架书，两架书，三架书，是聚书；
一屋书，两屋书，三屋书，是藏书。

心愚可医，愚而乐读是雪中送炭；
心智可化，智而悟读是锦上添花。

多读书，可以增长人的才干；
读好书，可以激励人的心志。

多读书，读好书，书香即心香；
多拜师，拜良师，良师即导师。

读书活的，思索是思想者的飞翔；
读书乐的，思索是思想者的歌唱。

嗜读使我们悟得：

没有一种幸福能像与书在一起那样彼此亲近和长久。

读书，要有兴趣，但又不能全凭兴趣，

特别是名人名著，有不少滋味正是从乏味中咀嚼出来的。

书声是用心来谛听的，如空谷回音；

书香是用心来探寻的,如空谷幽兰。

把书读成茶的,是因为心境;
把书读成酒的,是因为心情;
把书读成咖啡的,是因为心绪。

文物是奇缺的历史,
古迹是残存的文化,
书籍是绵延不绝的历史和文化。

案上无书,心中可有书乎;
心中无书,梦中可有书乎!
如若心中无书,一定是寂寞的;
如若梦中无书,一定要苍白的。

一再翻开、合上,是手中的书;
再三推开、关上,是心灵的门。

放慢脚步,才能欣赏身边的风景;
放松心情,才能品味书中的韵致。

同样是读书,死读书读出的是书生气,活读书读出的是书卷气。

书卷气作为一种气质,是被格外欣赏的;
书香味作为一种韵味,是被特别钟情的。

读书,是用知识来武装知识;
辨析,是用思想来启迪思想。

读书能解疑释惑,
思辨为明晰是非。

有的小故事里有大智慧,这是勤于读书者的感受;

有时小视野中藏大玄机,这是善于思考者的领悟。

厚积薄发,要读万卷书;
见多识广,须行万里路;
举重若轻,既要读万卷书,又需行万里路。

相对而言,见识一般是“行万里路”走出来的,
故我们有时才说“见多识广”;
相比而言,见地一般是“读万卷书”悟出来的,
故我们有时又说“远见卓识”。

有人说,读万卷书不如行万里路。
其实,行万里路也是在读一卷书——
一卷无字大书,它包括自然、社会和人生。

从书中能悟读自己的,方可自度;
从书中能读懂他人的,方可度人。

好读书,有时一句箴言,可以为迷惘者开启一扇窗;

读好书,有时一篇美文,可以为彷徨者指明一条路。

同样是阅读,当心灵是天使时,书中字字珠玑;
同样是思考,当灵魂是魔鬼时,书中句句咒语。

爱书吧!

把书籍作为良师益友,是人生最理智的向往;
把读书作为习性嗜好,是生命最智慧的时尚。

读书之道有三:
曰学、曰思、曰悟;
其学为始,其悟为终,其思由始至终——
学而不思则罔,思而不悟则茫。

古语云:开卷有益,
而读书的佳境是“开卷神游之八极,垂帘心寄于万山”;
俗话说:书是良友,
故读书的妙趣是“好书悟后三更夜,手有余香四季春”。

古人云:读万卷书,行万里路。其中意蕴,有诗为证:
“脚下行路万里遥,腹中贮书万卷少”,此其一;
“绝代华章书卷里,千古诗文风雨中”,此其二。

藏书为读,读书为用,是爱书的至高境界。

故有人主张:藏书不可不精,读书不可不博,用书不可不活。

书斋,俗称书房。

为书斋起名,或寄情明愿,或寓理励志,这是书斋文化的雅兴。

故古往今来,其无一不是爱书人的心灵憩园、生活乐园和精神家园。

关于藏书、读书、用书三者的关系,我以为:

藏书是为保存读书的火种,而用书是在收获读书的果实。

藏书可以愉悦一个人,读书能够陶冶一个人,用书则会成就一个人。

真正的书缘人生是:

由于爱书,所以买书;

由于买书,所以藏书;

由于藏书，所以读书；
由于读书，所以用书——
这便是生命的精彩和富有。

雨落、雪落、花不落，
风动、水动、心不动，
读天、读地、读人生。
生命，有书韵相伴，一定是美好的；
社会，有书香充溢，便会是和谐的。

跋语 “所思”的所想

二〇〇八年八月我的新书《随想录》出版，其跋语的题为《“随想”的随想》。时隔六年，其间有关随想的书陆续推出，先后有《戊子年随想》《游思录》以及随想文集《一个思想者的远行》八卷本和随想精选集《随心所语》。六年后新推出的《若有所思》一书，是我所写有关随想的新专著，其内容是为《北方新报》两年零七个月所写专栏文章“所思录”的结集。全书共八个部分，即关于自然、情感、人生、心境、道德、修养、哲理、精神的所思所想。当然，书中有关随想的所思亦有涉及，现遴选几段抄录于后，是为跋语，并题名之曰《“所思”的所想》——

我的所思一字一句，是人生的一丝一缕；

我的随想一章一节,是生命的一经一纬。

诗人有时思无所思,哲人有时若有所思,
其要么是生命的一种沉静,要么是人生的一种从容,要么是生活的一种淡定。

人生离不开思考,
随想是我心灵的翅膀和生命的飞翔。

有人所以活得自在,是因为善于思考;
有人所以活出精彩,是因为善于思辨。

思索,耐得住寂寞才会深刻;
思想,守得住孤独才会精彩。

只有思想者,才会一再面对困惑,
这既是心灵的诚实,更是精神的富有。

深刻的思索,在思辨中发光;
精彩的思辨,在论辩中闪烁。

喜欢思索的思想者,从来不会寂寞;
喜好远足的远行者,从来不觉孤独。

枕着新诗,拥着古词,我的诗与随想,
在徜徉的梦中发芽,在远行的路上开花。

写到这里,我还有一些感谢的话要在跋语中说。首先,要感谢资深记者兼作家、藏书家张阿泉第三次为我的“随想”专著写序,并一再在文章里提及“巴特尔式随想”这一观点,并说:“‘巴式随想’坚持求短弃长、短中见长、以短胜长、字短情长,其效果是‘短语寥寥胜过大论喧喧’,已形成鲜明的‘一派巴言’,为中国文坛的短语写作做出了有益且成功的探索。”这在一定意义上,可以视为是书友张阿泉对我所写“随想”文字风格和特色的精准概括和定位。其次,要感谢内蒙古人民出版社的赏识和激励,再次推出我的“随想”专著,为营造天堂草原的书香氛围做出新的奉献;当然,这其中还要特别感谢的是民族历史文化读物出版中心主任王世喜的偏爱和青睐,再次为我的“随想”专著做责任编辑,向社会和广大读者倾情力荐。最后,要感谢的当然还有广大读者，记得我在《随想录》一书跋语中写过这样一句话："在文字的世界里，可以随心所语；在阅读的心灵里，可以随心所悟。"这次，《若有所思》一书的出版，可以视为我馈赠给广大读者既能"随读"、又可"随想"的一份厚礼，并希望能与广大读者继续一路同行，并每读而时有所思，每思而或有所悟……

二〇一五年一月十六日于秋实斋